U0112572

我在星期日写作，时辰已经不早，
天光柔和而旷阔，在停止了的城市的屋顶之上，
永远是未发表过的天空的蓝色将星星存在的神秘封在遗忘里……

也是我内心里的星期日……

# 忧梦集

# Livro do Desassossego

[葡]费尔南多·佩索阿 著
张维民 译

江苏凤凰文艺出版社
JIANGSU PHOENIX LITERATURE AND ART PUBLISHING

澳門特別行政區政府文化局
INSTITUTO CULTURAL do Governo da Região Administrativa Especial de Macau

图书在版编目（CIP）数据

忧梦集 /（葡）费尔南多 · 佩索阿著； 张维民译 . -- 南京：江苏凤凰文艺出版社，2024.2

ISBN 978-7-5594-6479-8

Ⅰ. ①忧… Ⅱ. ①费… ②张… Ⅲ. ①随笔 - 作品集 - 葡萄牙 - 现代 Ⅳ. ① I552.65

中国版本图书馆 CIP 数据核字 (2021) 第 269984 号

# 忧梦集

（葡）费尔南多 · 佩索阿 著　张维民 译

出 版 人　张在健
责任编辑　孙建兵
责任印制　杨　丹
装帧设计　王　灿
出版发行　江苏凤凰文艺出版社
　　　　　南京市中央路 165 号，邮编：210009
网　　址　http://www.jswenyi.com
印　　刷　苏州市越洋印刷有限公司
开　　本　880 毫米 ×1230 毫米 1/32
印　　张　10.25
字　　数　215 千字
版　　次　2024 年 2 月第 1 版
印　　次　2024 年 2 月第 1 次印刷
书　　号　ISBN 978 - 7 - 5594 - 6479 - 8
定　　价　55.00 元

江苏凤凰文艺版图书凡印刷、装订错误，可向出版社调换，联系电话 025-83280257

@ Fundação Júlio Pomar / SPA

Esboço de um Tratado de Astrologia

A.

1. O que é a Astrologia. (a) a sua antiguidade; (b) a sua historia, propriamente dita; (c) as suas theorias: a esoterica (mystica), empirica, scientifica. Necessidade de estabelecer uma astrologia positiva, scientificamente concebida. [illegible]

Cada palavra dita é a voz de um morto.
Aniquilou-se quem se não velou,
Quem na voz, não em si, viveu absorto.
Se ser Homem é pouco, e grande só
Em dar voz ao valor das nossas penas
E ao que de sonho e nosso fica em nós
Do universo que por nós roçou;
Se é maior ser um Deus, que diz apenas
Com a vida o que o Homem com a voz:
Maior ainda é ser como o Destino
Que tem o silencio por seu hymno
E cuja face nunca se mostrou.

Fernando Pessoa

19. IX. 1918.

费尔南多·佩索阿手稿（Aquivo LdoD）

一切努力都是罪行，因为所有的表情动作都是一个惰性的梦。

我的灵魂是暗中的交响乐队；
我不知它弹奏什么乐器，弦乐？打击乐？
在我的灵魂里面。
我只知道如同交响乐。

@ Fundação Júlio Pomar / SPA

如果只有你才是可崇拜的，我又怎能不崇拜你？
如果只有你才不愧爱情，我又如何不爱你？

但愿你是看不见的黄昏，
让我的渴望和不安化作你犹豫的色彩，
你不定的阴影。

我渴望默默无闻，
因默默无闻而享有宁静，
因宁静而成为我自己。

你的所有表情动作都是禽鸟。

所有的快感都是一种恶习，
因为寻求快感是所有人在生活中所做的，
而唯一的黑色恶习就是去做所有人都做的事。

我不梦见占有你。
为什么呢?
是把我的梦释译给平民。
占有一个身体是低俗。
梦见占有一个身体也许更坏，哪怕很难做到：
那是梦里低俗——可怕到极致。

@ Fundação Júlio Pomar / SPA

有时候是纯粹的侧影，

有时候是姿势，

有时候是表情——在我心中被赋予精神的时刻和姿态

@ Fundação Júlio Pomar / SPA

你是整个的夜，你化作唯一的夜，
而整个的我在你里面消失、忘却，
而我的梦像星星一样，在你遥远的身体和虚无中闪烁……

让我做你披风上的褶皱，你王冠上的宝石，你戒指上别样的金。

# 目录

为写这本书，我采来所有花的魂，收集起一切角落所有鸟儿各个短暂瞬息的灵，编织成永恒和停滞。

我把这本书送给你，因为我知道它美丽而无用。

我用尽全部灵魂写这本书，可是我写的时候，并没有这样想，我只是悲伤，而我对你，谁也不是。

因为这本书是荒谬的，我爱它；因为是无用的，我想把它给你；

因为它一点用处也没有，我想把它给你，我，把它给了你……

当你读的时候，请给我祈祷，祝福我，爱它并忘记它，

像今天的太阳对昨天的太阳。

# 第一阶段 1913-1920

@ Fundação Júlio Pomar / SPA

# 序言1

在里斯本，有不多的几家这类餐馆或饭铺，外观就像一家体面的小酒馆上面修起的二层小楼，像没有火车到来的小镇里看起来有点沉闷的家常菜馆。这些二层小饭铺，除了周末，客人很少，经常来光顾的是一些猎奇的人，一张张无趣的脸孔，一系列生活中的旁白。

想寻清静，物美价廉，让我在生活中的某个阶段，常去一家这样的二层小楼。那时候，我七点去吃晚饭，几乎总是遇见一个人，他的外表，最初并不引起我的注意，慢慢地，我开始感起兴趣来。

他看上去三十来岁，清瘦，个头偏高，坐着的时候，背弯得有点夸张，站立的时候，不那么弯，衣着稍稍有些马虎，但又不完全是不修边幅。苍白而刻板的脸上有一种不带趣味的，很难定义的伤感，那种神情——似乎指向多种的境况，清贫，忧愁，和那种来自太多的苦难而产生的冷漠的痛苦。

他总是吃得很少，吃完饭，用盎司烟草卷一支纸烟。用特别的眼神瞧着店里的客人，不是怀疑的，而是以一种独有的兴趣；但并不是像扫视着观察，而是似乎在关心他们，又并不想记住他们的长相或注意他们表情的细节。最初是那种好奇的特质，吸引了我对他的注意。

我开始把他打量得更仔细，发现他有某种智慧的表情，以某种方式，让他面容上那种不确定变得生动。可是，垂头丧气，冷凝的苦闷，经常把他的面容掩盖，以致让人很难辨认出脸部其他特征线条。

偶然的机会，从餐馆跑堂的口中，我得知他是附近一家公司的雇员。

一天，街上出了点事，就在窗下——发生了一场二人拳击对决。餐馆里的人都跑到窗口去看热闹，也有我，和我说到的那个人。我和他偶然地说了一句话，他也用同样的腔调回复了一句。他的声音平淡、颤抖，如同那种什么也不期待的生物的嗓音，因为期待是全然无用的。可是这样指出我在餐厅的晚间同伴的特点，也许是荒谬的。

不知为什么，从那天以后，我们开始打招呼。某一天，也许是因为我们凑巧在九点半来吃晚饭的荒诞情况让我们走得更近，就偶然地聊了几句。当时他问我是否写东西。我说是，并对他说起刚创办不久的《俄尔甫斯》（由佩索阿等人主办的文学季刊）。他表示很喜欢那本杂志，并大加赞赏，但是我十分吃惊。我请他允许我说实话——我有些诧异，因为在《俄尔甫斯》发表文章的那些人所表达的艺术，据说是展示给那些小众读者的。他对我说，他或许就属于那少数的几个，还说，他没地方去，没事情做，没朋友来看他，也没有兴趣读书，平常就待在他的出租屋里，还喜欢写点什么打发夜里的时间。

## 序言 2

我和维森特·格德斯的相识，完全是偶然的。我们许多次在一家偏僻而便宜的餐馆里遇到。见了面熟，自然而然地，就欠欠身，无声地打个招呼。一次，我们拼在一张桌子上，这使我们有机会交谈了几句，于是便聊了下去。我们开始每天在那里见面，共进午餐和晚餐。有时，饭后，我们一起出去，一边散步，一边聊天。

维森特·格德斯以一种大师的冷漠忍受着那种无聊的生活。某种斯多葛主义（古希腊四大哲学派别之一）是他全部思想态度微薄的基础。

他的精神构造给他所有的渴望判了死刑；他的命运安排让他放弃了所有的希望。我从未遇到过一个人，这么多地占有他的灵魂。并非是由于某种禁欲主义，天性注定了这个人放弃他的一切目的，却慢慢地享受没有任何野心的生活。

## 怯懦是高贵

怯懦是高贵，不会行动是卓越，没有生活的技巧是伟大。

只有厌倦，也就是一种远离，和艺术，也就是一种鄙夷，给我们的（……）镀上一层类似于快乐的东西。

我们的腐烂产生的昏昏明灭的磷火，至少是我们在黑暗中的亮光。

只有根本的不幸福和持续的不幸福导致的纯厌倦，才是如同远古英雄后裔的族徽。

我是一口井，表情的井，词语的井，梦的井，心中都不做出的表情，都不想放在嘴角的词语，忘记做光的梦。

我是那些从来就不过是废墟的建筑的废墟，有什么人劫掠了它，在它修建到一半的时候，偷走了修建它的人的想法。

我们忘不了仇恨那些享受的人，因为他们享受，轻蔑那些快乐的人，因为，我们，不懂得像他们那样快乐……那个虚假的梦，那个软弱的仇恨，无非是粗糙的、和坐落在其上的肮脏土地的底座，上面傲然而唯一屹立的，是我们的厌倦的雕像，黑暗的身躯，他的脸上有深不可测的笑容，有一抹朦胧而神秘的光。

那些不把生活寄托给任何人的人有福了。

## 凡是行动的，都是虚假的

凡是行动的，不管是战争还是推理，都是虚假的；凡是放弃的，也是虚假的。

但愿我懂得如何不行动也不放弃行动！那将是我的光荣之梦的王冠，我的伟大之寂静的权杖。

我都不觉得苦。所有的轻蔑都如此巨大，乃至于我轻蔑自己；如同蔑视他人的苦难，我也蔑视自己的苦难，就这样在我的蔑视之下，把自己的苦难碾碎。

啊，可是这样我更痛苦……因为对自己的苦难给予价值，就会为它镀上骄傲的金色阳光。受特别多的苦，可以给人一种幻觉，仿佛自己是痛苦的选民。

# 痛苦的间歇

一切令我厌倦，哪怕是我不厌倦的东西。我的快乐是和我的痛苦一样的痛苦。

但愿我是一个把纸船放在庄园的水池里的孩子，天空贴近攀援的藤萝架，在浅浅的水上反映出阴影，布上光和绿荫的棋盘格。

在我与生活间有一层薄薄的玻璃。哪怕是我再清楚地看见和理解生活，也不能触碰到它。

理解我的忧伤？又为什么呢，如果理解是一种努力，而一个忧伤的人不能够用力。

甚至我都不放弃那些我那么想放弃的生活的庸俗姿态。放弃是一种努力，我无法拥有灵魂的力量，用它来做努力。

不做那条船上的船夫，不做那辆车的车夫，让我伤心多少次！随便一个假设的、平庸的别人，他的生活，由于不是我的，都甜美地钻进我的体内，我想要这生命，化成他人的诗人！

我不会把生活的恐惧当成一个事儿，对生活的概念就像一个无法压碎我全部思想的肩膀。

我的梦都是一个愚蠢的避难所，像一顶挡闪电的雨伞。

我那么惰性，那么可怜兮兮，在表情和行动上那么失败。

哪怕我再钻入自身的丛林，我所有梦的小路都开出一片痛苦的空地。

即便是我，梦那么多，也有间歇，梦逃离我，于是东西显得清晰了。包围我的迷雾渐渐淡化。所有可见的边缘锋角都刺伤我灵魂的肉体。所有看得见的坚硬，知道它们是坚硬的，伤到我。所有物体可见的重量都重压在我灵魂里面。

我的人生就仿佛被它打败了一样。

从这个咖啡馆的凉台，我颤抖地看着生活。我看到不多的生活——分散的——在这个清晰的、我的小广场，在它这个聚集中。一种冷漠，如同开始微醉，灵魂辨析着事物。生活清晰而一致，在运动节制的愤怒中，在我身外，他人经过的脚步声里。

在这一刻，我的感官静止了，一切好像是别的东西——我的感受是一个混乱而清醒的错误，我张开翅膀可是不运动，像一只想象里的秃鹫。

我，一个有理想的人，谁知道我最大的野心，实际上不过是，在这家咖啡馆占着这张桌子的空位？

一切是空，如同在灰烬中搅动，朦胧胧的仿佛还没到黎明前的时刻。

光明悄然而完美地从事物中发芽，将它们镀上金色，如此真实，微笑而忧伤！一切世界的神秘降临在我的眼前，从平庸与街道中雕琢出来。

啊，日常的琐事是如何神秘地与我们擦身而过！正如光明触及的人类复杂的生活的表面，时间，有如不确定的笑容，升上神秘的嘴唇！这一切听起来多么现代！而本质上如此古老，如此幽暗，如此地比那个照耀这一切的光明有着另一种意义！

## 间歇

我的人生尚未经历就失败，因为在梦中它好像都不是快乐的。到了对梦都厌倦的地步……当我感觉厌倦时，有一种极端的虚假的感觉，仿佛抵达了一条无尽的路的终点的感觉。脱离自身，不知何去何从，我在那里停滞，十分无奈。我曾经是某物。我不在我所感觉之处，如果我寻找，我不知道是谁在找我。一种对一切的厌烦令我瘫软。我感觉自己被从自己的灵魂里赶了出来。

我观看自己。自临自己。我的感受从我不知何谓的眼神前经过，就像是外部的东西。我厌烦自己的一切。我对自己厌烦透顶。周围的一切都是这厌烦的神秘根源，都是我厌烦的颜色。

时间交给我的花朵已经蔫萎……我唯一可能的行动是去慢慢地将它们的花瓣一片片扯下。而这是如此复杂的衰老。

我的行动对我来说是痛苦的，如同英雄主义……最小的表情动作都经过设计，就好像是（必须得是）一件我真的想做的事。

我什么野心也没有。生活令我痛。我的处境很不好，而且，我已经在想，我未来的处境也会是很不好。

理想的是没有比一个喷泉的虚假行动更多的行动——升起来再降下到原处，在阳光下闪光，没有任何用处，在夜的寂静中发出声响，好让做梦的人在他的梦里想到笑声，遗忘地笑。

# 从未实现的旅行

那是一个秋天朦胧的黄昏，我出发去进行那场从未实现的旅行。

天空——我不可能记得——是忧郁的金色的残紫，山峦临终的线条，清晰地，有一抹光晕，它的死亡的色调，深深地，柔润地渗透到天际，在它狡黠的轮廓里。从船的另一侧的舷壁（那里更冷，遮檐的那一侧距离夜色更近），颤抖的大海，一直延伸到东方地平线的忧伤之处。那里，在终极的海上，液体的、幽黑的一线，垂下夜色的阴影，黑暗的气息盘旋着，仿佛热天的雾气。

那海，我记得，有阴影的色调，混合着朦胧的光波的形象——全是神秘宛如快乐时光中的一丝忧郁的念头，我不知这形象，这念头，到底预言着什么。

我不是从一个熟悉的港口出发。至今我不知那是什么港口，因为我还从来没有到过那里。而且，同样，我旅行仪式的目的是寻求不存在的港口——仅仅是当作港口进入的港口，被遗忘的河湾，无可指责的非现实的城市之间的海峡，当你读我的作品，无疑，你会觉得我的话是荒诞的。而你从来没有像我一样旅行过。

我启程了？我不敢对你们发誓，说我出发了。我在别的地方，别的港口，我经过一座座城市，不是那座，况且那座和别的那些也都不是什么城市。对你们发誓说是我出发了，而不是风景出发了，是我游历了别的地域，而不是别的地域来造访我——我不能为你们这么做。我，不懂得何谓生活，我都不知道是生活活了我还是我活了生活（不管“生活”这个动词做何解释），肯定的是，我不会对你们发什么誓。

我旅行。我觉得给你们解释毫无用处。我旅行，既没有花费几个月，也没有花费几天，或者其他的，任何别的计算时间的度量。我在时间里旅行这没错，可是不是时间的这边，在这边我们以小时、日、月，计算时间；我是在时间的另一边旅行，那边的时间不以度量计算。流逝，但没有可能计量它，就仿佛比我们这边所体验的时间更迅疾。你们肯定要问我，这些句子是什么意思；你们永远不要这样犯错。请你们告别幼稚的错误，别问事物和语言是什么意思。什么都没有意义。

我乘什么船做这次旅行？蒸汽船。随便什么船。你们笑。我也笑，笑你们，也许。谁告诉你们，告诉我，说我不写让神读得懂的符号？

没关系。我在黄昏启程。我的听觉里依然有蒸汽船起锚的金属声响。在我记忆的侧视中，依然在缓慢地运动，直到最终处于它的惰性状态，船上吊车的起重臂，让我的视觉长时间痛苦，那吊臂不间断地吊起箱子和木桶。它们四周捆绑着的铁链，在船舷上碰撞，摩擦，然后摇晃着，被人们推搡着，直到货舱口上，猛地断开，从那里，突然落下（……）直到一声沉闷的木头撞击，大部分都去了货舱隐蔽的角落。然后，下边有给他们松开捆绑的声音，紧接着，只有锁链自己升上来，在空气中发出嘲弄声响，一切从头再来，好像是一种徒劳。

我给你们讲这些干什么？因为给你们讲这些是荒唐的，既然我说要跟你们讲我的旅行。

我游历了新的欧洲，另一座君士坦丁堡迎接我，虚假的伊斯坦布尔海峡，像一条沟渠。抵达的小水沟，你们惊讶吗？就像我对你们说的，就是这样。我出发乘的汽船抵达港口的时候是帆船。（……）你们说这是不可能的。因此才发生在我身上。

在不可能的印度的梦里战争的消息，从别的蒸汽船抵达我们。而，当我们听到说起那些地方，我们有着对自己的家乡的不合时宜的思念，那留在身后的家乡，那么遥远，谁知道是否是那个世界。

## 工艺的美学

生活损害生命的表达。如果我活在一个热恋里，永远不能讲述它。

我自己都不知道，这个我，通过这些曲折蜿蜒的篇章，向你们展示的这个我，是否存在，或者仅仅是一种我对自己做出的，美学的、虚假的观念。是的，就是这样。我美学地活成另一个人。我雕琢自己的人生，如同一座与我之身心无关的物质的雕像。有时候我不认识自己，我将自己如此地置于自己之外，如此以纯艺术形式交付出我对自己的认识。在这个非现实的后面，我是谁？不知道。我应该是某人。而如果我不去寻求生活，行动，感觉，为的是——请真的相信我——不去扰乱我做出的假想的人格底线。我想成为我所愿意的那种样子而不是我。假使我让步，就毁灭了我。我愿意变成一件艺术品，至少在灵魂上，虽然在躯体上我不能了。因此，我雕琢自己，平静地，神不守舍地，并将自己放置在温室，远离空气和直接的光照——在这个温室里，我这枝工艺之花，荒诞之花，永远绽放遥远的美丽。

有时候，我会想到可能的美，将我的梦境统一起来，给我创造出一个连续的人生，在整天整天的流逝中，一个接着一个，和我创造出的想象中的人物一起，生活，受苦，享受那个虚构的人生。我在那里，经历灾难；在那里，巨大的快乐落在我头上。而什么对我都不是真实的。可是一切都倚重高傲的、严肃的逻辑，一切都有一种快感的虚假的节奏，一切发生在一个用我的灵魂建造的城市，消失在一列缓缓的火车边的码头，在我之内，离我很远，很远……而一切都十分清晰，不可避免，如同在外界的人生，但是，在美学上的距离不如太阳那么遥远。

## 佩德罗的牧歌

我不知道在哪儿，也不知什么时候看见过你。我不知道是在一幅画里，还是在真实的田野里，大树下，草地旁，你现代的雕像上；也许是在一幅画里，那么田园诗般，那么清晰，让我对你保存着记忆。我也不知道这是什么时候发生的，或者，到底是否真的发生了——因为有可能就连在画里也没有见过你——，可是我，以我的智慧的全部的感情知道，那是我一生最平静的时刻。

你来了，小巧的放牛女孩，在温驯硕大的牛旁边，平静地沿着路上宽宽的车辙印。从远处——我似乎觉得——看见你们，你们来到我跟前，走过去。你好像没有看见我在那儿。你慢悠悠走着，漫不经心地放牧着身躯硕大的牛。你的眼神忘记了回忆，你有灵魂生活的开阔地；你对自我的意识遗弃了你。在那个时刻你不是别的，只是（……）

看见你，让我想到城市变化而乡村是永恒的。让我把石头和山冈称为圣经的，因为它们在圣经时代应该是一模一样的。

在你匿名的形象，瞬息而过的剪影里，寄托着我对田园的呼唤，当我想到你，寄托着那种从未抵达灵魂的全部的静谧。你的脚步轻轻摇晃，有种不确定的起伏，你的每个手势上都栖落着一只鸟；有隐形的常春藤缠绕在你的身躯。你的平静像傍晚的降临，疲倦的牲畜哞哞，牛铃叮当，在时光苍茫的山坡上，你的寂静是最后一个牧人的山歌。维吉尔因为忘记而从未写出的牧歌，田野上留下永恒的魅力，永恒的剪影。有可能你在笑，只对你自己，对你的灵魂，你看到自己的念头，在微笑。可是你的嘴唇是平静的，像山峦的剪影；而你质朴的手腕，戴着用野花编织的花环，姿势我已记不起来。

是了，是在一幅画里见过你。可是，从何而来的想法，让我看见你走近并从我身边经过，我追随着你，头也不回，因为我一直、依然，还在看着你。时间止住，好让你经过，而我跟着你游荡，多么想把你放置在生活里——或在类似的生活里。

## 我不抱怨世界

我不愤慨，因为愤慨是强者的；我不放弃，因为放弃是贵族的，我不沉默，因为沉默是伟人的。我不是强者，不是贵族，也不伟大。我受苦，做梦。我抱怨，因为我软弱，而且，因为我是艺术家，我愉悦自己，在编织我的抱怨的旋律中，按照我认为是最好的想法，觉得它们是美丽的，来整理我的梦。

我只悲叹我不是孩子，为了能够在我的梦里成长，悲叹我不是疯子，为了能够远离包围我的所有的灵魂，（……）

把梦当成真实的，过度地生活在梦里，给我的梦里人生带刺的虚假玫瑰：就连那些梦都不让我喜欢，因为我发现它们的缺陷。

就连五彩的阴影渲染的那扇玻璃窗都对我，对从玻璃另一边看着它的我，掩盖不了他人的生活的嘈杂。

悲观主义系统的创作者是幸运的！不仅躲藏在曾经有所作为里，而且高兴于有所解释，并容纳进普世的痛苦里。

我不抱怨世界。我不以宇宙的名义抗议。我不是悲观主义者。我受苦，抱怨，可是我不知道是否受苦就是一种普遍存在，也不知道是否受苦就是人类的本质。知道这是对的与否，对我有什么重要？

我受苦，我不知道是否该当受。

我不是悲观主义者，我悲哀。

## 雨下得很大

雨下得很大，很大，总是越来越大……就像黑暗的外部崩溃了（……）

一切不正常事物的堆积，和山一样的城市，今天对我都好像是平原，一个雨的平原。眼睛不论延望向何方，一切是雨的颜色，惨淡的黑色。

我有奇怪的感觉，所有的感觉都是寒冷的。一时间，我觉得景色的精髓是迷雾，而房屋，都是迷雾在给它们守灵。

我的状态，如果不是身体和灵魂被冻结，就更是一种先兆神经症。一种如同对我未来的死亡的记忆从我的内部颤栗。在直觉的迷雾里，我感觉到死了的物质，从雨里落下来，在风中呻吟。我将感觉不到的东西的冷，啃噬着现在的心。

# 怎样把梦做好

推迟一切。永远不应该把也能留待明天做的事情今天做。

甚至不必做什么事，不管是明天还是今天。

永远不要去想你将要做的事。别做它。

过你的生活。别让生活过了你。

在真理，或错误上，在享受和不舒适上，去看你自己的存在。你只能梦着做这事，因为你的现实人生，你的人类生活，不是你的，是别人的。这样，你用梦取代生活，只关心梦的完美。从你出生到死亡，所有的现实生活的行为，都要无为：你不行动，而是“被行动”；你不生活，而是“被生活”。

对别的人，你变成一个荒谬的斯芬克斯（古埃及、希腊、西亚神话中的形象）。你关闭自己，却并不关上门，在象牙塔里。你的象牙塔就是你自己。

而如果有人对你说，这是虚假的，荒诞的，你别信他。可是你也别信我说的，因为什么都不应该相信。

……

你蔑视一切，可是以不烦扰你的方式轻蔑。你不要自以为比你轻蔑的高级。高贵的轻蔑的艺术即在于此。

## 瀑布

孩子知道布娃娃不是真的，却把它当真的对待，甚至当它破了，会哭，会不高兴。孩子的艺术是非现实化艺术。那个错识人生的年龄多么幸运！那时候，因没有性而否认爱情，那时候，因游戏而否认现实，将不是现实的东西当成现实的！

但愿我返回到孩童时代，永远是个孩子，不在乎大人们给事物的价值，也不管大人们之间建立的关系。我，当我小的时候，很多次把小铅人的士兵摆得两脚朝天……有什么论据，有说服力的逻辑，给我证明真正的士兵不把头朝下？

和玻璃相比，孩子不认为金子有更多的价值。而实际上，金子更有价值吗？——孩子看见的成年人雕琢出来的表情中的情绪，愤怒，恐惧，觉得都是费解的荒唐。而实际上，我们所有的惧怕，所有的仇恨，所有的爱情，难道不是荒诞而空洞的吗？

噢，神性而荒诞的孩童直觉！对事物真正的视觉，我们在更赤裸地看见事物之上蒙了一层成见，用我们的年龄包裹着对事物的直接观感！

上帝难道不是一个大孩子？整个宇宙难道不像一个玩具，一个淘气的孩子的游戏？如此不真实，那么（……）那么（……）

我笑着，把这个想法给你们扔在空中，你们看见它如何远离我，我突然看见可怕的事（谁知道它是否包含真理？），它掉下来，在我的脚下摔碎，在可怕的尘埃里，成了痛苦的碎片。

我醒来，为的是知道我存在……

一种巨大的、不确定的厌倦在耳朵里咕咕作响，带来不合时宜的清凉，因为在愚蠢的花园深处起着哄喧闹而下的瀑布。

# 雨景

整夜，在外面的时光中，雨的低吟。整夜，我半睡半醒，玻璃窗上的雨声，冰冷、固执而单调。一会儿，从更高的天空，撕裂下一阵风，抽打着，水的声音痛苦地起伏，把翅膀急速地扫过玻璃窗；一会儿，以听不见的声音，只让人在死寂的外表睡着。我的灵魂和往常一样，在被单里，就如同在众人之间，痛苦地意识着这世界。白天，就像幸福一样，姗姗来迟——在那个时刻，似乎也成了无限期的。

要是白天和幸福永远都不来！要是等待，至少能够，成功到来的这白天和幸福！别说希望，绝望都没有！

一辆晚班车的偶然声响，粗犷地在石块上颠簸，在街道深处增长，在窗下噼啪作响，往街道的深处熄灭，向我朦胧的、我不能够完全获得的睡意深处。楼梯上的一扇门，时不时地，拍打一下。有时候，有液体溅起的脚步声，和湿衣服自己磨蹭的刷刷声。一次，或另一次，脚步多的时候，响声就高起来，进攻。然后，寂静返回，脚步声泯灭，雨继续下，无数的雨。

在我的房间黑暗可见的墙壁，如果我从虚假的睡眠中睁开眼睛，飘浮着尚且待做的梦的碎片，濛濛的光，黑黑的线条，什么都不是的东西爬上降下。家具，比白天更大，模模糊糊地在黑暗的荒诞中斑斑驳驳。门被某种，既不比夜更白，也不更黑，但不一样的东西指示着。至于窗户，我只是听到了它的声音。

新的，流动的，不定的雨声。在它的声音里，时间缓缓来迟。我灵魂的孤独扩散开来，蔓延，侵入到我所感觉者里，我所扮者里，我将梦见者的里面。空洞的物体，在阴影里参与我的失眠，在我的凄凉中开始有了位置和痛。

## 痛苦的间歇

就像一个人，他的眼睛长时间的……从一本书中抬起来，会受到自然的阳光、纯粹的光明的强烈刺激。有时候，如果我从自身抬起目光，仔细注视明显的外部生活，他人的存在，空间运动的位置和相互关系的独立，会清晰地刺痛我的眼睛。他们的真实情感，他们精神上同我的对立，令我陷入困境，步履艰难，磕磕绊绊，听他们怪异的话语，虚情假意，那腔调让我滑倒，语无伦次，他们在当前地面上脚步有力而准确的支撑，他们真正存在的表情动作，他们粗野和复杂的方式，是别的人的，和我的并非不同。

于是我处在这种深渊里，坠落，无助，空洞，好像我死了又活着，痛苦的惨白的阴影，被第一阵风吹倒在地，化成尘埃。

于是我问自己，将自己孤立并提升的努力是否值得，假使我将自己筑成骷髅地，为了我被钉上十字架的光荣，缓缓而行，在宗教上是否值得？而，即使是知道值得，在这样的时刻，不值得的，永远不值得的感情压抑着我。

## 惰性法

我真想给现代社会的高级人制定出一部惰性法。

社会里若没有敏感而智慧的人，它将自发地自我管理。你们要相信，高级人是唯一对社会有害的。原始社会拥有的幸福生活差不多就是这样。

遗憾的是，驱逐社会的高级人，结果是其他人会死掉，因为他们不会劳动。而也许会死于无聊，因为在他们之间没有愚蠢的余地。但是我是从人类幸福的观点上说话。

把每个在社会中脱颖而出的高级人，都驱逐到海岛上去，高级人的城市里。正常社会喂养高级人，像笼子里的动物那样。

你们要相信：如果没有指出人类各种疾病的聪明人，人类不会感觉到不舒服。这些敏感的玩意出于同情心让别人受苦。

眼下，鉴于我们生活在社会中，高级人的唯一义务是将他们对氏族生活的参与降低到最低限度。

不读报，或只为了解不重要的事，发生的奇闻轶事。谁也想象不到我猛地把报刊的各省短讯汇刊抽出来时的欣快感。仅仅那些名字就给我打开迷蒙的大门。

一个高级人最有尊严的高尚状态，是不知道谁是他的国家元首，或生活在君主制下，或共和制下。

他的全部态度应该是将灵魂置于那种高尚状态，以便经历事物，经历事件，而不让它们打搅自己。如果不这样做，就必然会关心别人，才能关心他自己。

# 格言

有确定的、准确的看法，本能，激情，和固定而为人所知的个性——所有这些将我们的灵魂变为一个可怕的情况，把灵魂物质化，变成外在的。活着是一种甜美而流动的、对事物和自己未知的状态（和唯一的、一个智者所适合的和遗忘的生活方式）。

懂得不断地介入自己与事物之间是最高级的智慧和谨慎。

我们的个性应该是私密不透的，即便是面对我们自己：故此我们应该总是做梦，把我们包含在我们的梦中，以便不可能有对我们自身的见解。

而特别是我们应该避免让我们的个性被他人侵犯。一切他人对我们的兴趣都是一种不可比拟的粗野冒犯。这会将平常的问候——你好吗？——变成一个不可原谅的粗野，把它变成普遍绝对的空洞和不真诚。

爱情是对孤自一人的厌倦：因此是一种怯懦，和对我们自己的背叛（重要的是我们傲然地不去爱）。

给好的建议，是对上帝给他人犯错的官能的辱骂。再者说，他人的行动，不是我们的，自有他的优越性。只有那样才是可以理解的，向别人请求建议——为了清楚地知道，当我们反向而动，我们就是自己，和别人意见就是不同。

——研究的唯一好处是享受一切别人没有说过的。

——艺术是一种隔绝。全部艺术家应该寻求隔绝他人，将孤自独处的欲望带给他们的灵魂。一个艺术家至高无上的成就是当阅读他的作品，愿意收藏它们，而不是阅读它们。不是因为他们是神圣的，而是崇敬他们。

——是清醒的，就是对自己的不快。涉及看向自己内心的合法的精神状态，是那种一个人内视自己的神经和犹豫不决的（……）状态。

唯一堪称高级造物的聪明态度，就是对一切他者的冷静的同情。并非是这种态度有最小的公正和真理的属性；而是此种态度如此令人羡慕乃至需要有它。

## 有时候我快慰地想

有时候我快慰地想（以对分法），我们未来自我意识形成地理分布的可能性。在我看来，研究我们自身感受的未来史学家，或许可以将他对自己灵魂的意识的态度简化成一种精确的科学。让我们来开创这种艰难的艺术，——此种艺术尚且，目前还是在炼金术状态的情感化学。这个未来的科学家，将对他自己的内心生活有一种特殊的疑虑。他把自己创造成一种精密的工具，对其做化验。我看不出有本质的困难，制造一种精密仪器，做自我分析，仅仅用思想的钢和铜。我所说的钢和铜，真的是钢和铜，可那是精神的。也许它就应该是这样制造出来。或许我需要弄一个精密仪器的想法，我物质地看见这个想法，以便能够做严格的内心分析。自然地，需要把精神化成一种真实的材料，以它所存在的某种空间。所有这些取决于我们对内在感受的极度敏锐，将其带到那样的地方，无疑是揭示或者创造。在我们之中是一块真实的空间，就像物质所处在的空间一样，而作为一种事物，它则又是非现实的。

我真的不知道，这个内在空间是否仅仅是另一个空间的新维度。或许未来的科学研究会发现，一切是同一个空间的维度，因此既非物质的，也非精神的。在一个维度，我们是肉体生活；在另一个维度，我们活的是灵魂。而且，也许有别的维度。在那里我们经历同样真实的东西。有时候我很高兴任凭这种无用的冥想占据我，直到这个科学研究能带到的地方。

也许能发现，那种我们称为上帝的，那么清楚地在另一个层次，不是空间和时间的逻辑和显示，是我们的一种存在的方式，一种在另一种存在维度对自己的感受。这在我看来并非是不可能的。梦或许也全是或者更是我们生活的另一个维度，或者是两个维度的交叉；正如肉体在活在长宽高三个维度，而我们的梦，谁知道是否生活在理想、自我和空间这三个维度。空间维度，因为梦有可见的表演；理想纬度，因为它表现为与物质不同的本质；自我纬度，因为它有我们的私密内涵。自我，我们每个人的自我，其本身或许就是神性维度的东西。这一切都十分复杂，当时刻到了，无疑，都将得到确认。现在的梦幻者，也是未来终极科学的先驱。当然，我不相信，会有一个未来的终级科学。可这与我们所说的这件事无关。

我有时候对此作形而上学的思考，以一个科学工作者的严谨和敬畏。我已经说了，甚至有可能到了的确在做的程度。关键是我不为此骄傲，因为骄傲有害于科学的精确，不偏不倚的准确。

# 银河 1

……一种有毒的精神的语句，带着诡诈……

……紫路的仪式，不是任何人的现代礼仪的神秘大典。

……在身体的另一个躯体上感觉到被绑架的感受，可是身体和躯体以其各自的方式，微妙地间隔于复杂与简单之间……

……池塘上盘旋着，透明的、哑金的直觉，轻飘飘褪下曾经所实现的，无疑以精致的蜿蜒，非常白皙的手里的百合……

……麻木与墨绿的愁苦之间的协定，看上去是温热的，厌倦在无聊的哨兵之间……

……无用的后果的珍珠贝，经常浸渍的雪花石——黄金，紫红，花边，与晚霞的欢娱，可是没有为更好的岸而设的船，没有向更大的黄昏而设的桥……

……都不在念头里的池塘边，许多池塘，遥远的，穿过白杨，或者也许是柏树，根据叫出它名字时的发音的感觉而定……

……因此开向码头的窗，持续的波浪冲击着岸石，混乱的侍从像蛋白石，疯狂荒诞，在苋草和橡树之间，在听觉里的黑暗墙壁写下理解的失眠……

……珍稀的银丝，拆成丝的紫色连接，在椴树下徒劳的感情，在林间小路，黄杨树默默，古老的情侣们，突然的折扇，空泛的表情，最好的花园，除了小路和林阴道的慵懒的疲倦，无疑没有别的可待……

……五瓣梅，藤萝架，假山的洞穴，修整好的花池，喷泉，死去的曾经的大师们留下的一切艺术，在对明显事物的不满的内心决斗中，决定让事物到梦里游行，在感觉的古老村庄的狭窄街道上……

……遥远的宫殿里大理石音质的歌声，怀旧将手放在我们手上，天空有宿命的颜色，晚霞有犹豫的眼神，夜色的星光洒在没落的帝国的寂静……

将感受化为科学，把心理分析变成一种精密的方法，像显微镜的仪器——平静的渴望，占据我生命意志的连贯的抱负……

在感受与被感受的意识之间，发生了我人生的一切大悲剧。在那个不确定的地方，树林的阴影和流水的声音，甚至我们战争的嘈杂声都是中性的，我的生命在流淌，我徒然寻觅它的视像……

我安葬我的生命（我的感觉就是，篇幅过长，关于我死去生命的墓志铭）。我死了，夕阳残照。我最多所能雕琢的，是内在美，我的坟。

……我的疏远之门容向无穷的花园，可是那门谁也过不去，连在我的梦里都不——可是永远是向无用敞开，是铁的，永恒地开向虚假……

于内在的豪华排场的花园，我神化的叶片飘落，在梦里的黄杨之间，我踩着，带着坚硬的声响，通向混沌的林间路。

我在混沌中扎下帝国的营寨，在寂静之边，在褐黄色的战争里，将确切终结。

科学的人承认对他来说唯一的现实就是他自己，唯一的真实世界就是他的感受给他的世界。因此，他不是去走那条虚假的道路，去谋求调节他自己的感受适应他人的感受，从事客观科学，而是谋求完美地了解他自己的世界的个性。没有比他自己的梦更客观的了。没有比他对自己的意识更是他自己的。他的科学就是精于这两个现实。这和古代的科学家的科学已经非常不同。古代科学，远不是寻找自己个性的规律和整理自己的梦，而是去寻求“外界”的规律和整理那种他们称为“大自然”的东西。

# 银河 2

在我来说，最主要的是梦的习惯和技巧。我人生的境遇，从儿童时代就是孤独而平静的，或许是(一些)别的力量，从远处将我塑形，以其邪恶的裁剪，通过其隐晦的遗传，将我的精神变成一条不断的梦幻的河流。我所有的一切都在于此，即便是最属于我的那种东西，也远不是最突出的梦幻者，毫无疑问它属于灵魂，一个只做梦的人的灵魂，将其升华到极致。

我想，出于我自己的喜好，来自我分析，随着对我自己的整理，将自己的思维程序写成文字，我只是，那种，一个毕生奉献于梦的人，一个被教育出来只为做梦的灵魂。

从外部看我，如我几乎总是看到的那样，我是个没有行动能力的人，面对需要迈步或做出表情手势，我手足无措，跟别人说话很笨拙，我没有内在的清醒能令我对费精神的事情开心，纯粹机械费力的娱乐对我身体也没有作用。

我天然就这样。人们对梦幻者的理解就是这样。一切现实都令我困惑。别人说话将我投入巨大的困苦。别的灵魂的现实不断地令我惊悚。我看见别的灵魂的所有行动，组成一张无意识的巨大的网。似乎是一个荒诞的幻象，没有合理的连贯性，虚无飘渺。

可是，如果觉得我不知道他人心理的路径，错误地理解他人，清清楚楚的动机和内心的思想，那便是错解了我。

因为我不仅是一个梦幻者，而且是专门的梦幻者。唯一的做梦的习惯，使我的内在视觉异常清晰。我不仅以惊人的，有时候还以令人困惑的、突出的形象，看到我的梦境中的人物和装饰，而且以同样突出的形象，看见我抽象的念头，我的人类的感情——我所残余的——我秘密的冲动，面对自己的精神态度。我肯定，自己的抽象的念头，我在自身中看见它们，我以一种真实的内在视觉，在内在空间里看见它们。我能以微缩的形象，看见我的心理动机。

因此，我完全地了解自己，而且，通过完全地了解自己，我完全地了解整个人类。没有低下的冲动，正如没有高贵的意图，不是灵魂里的一道闪电；我知道它们各自以何种表情手势来显现。坏的念头在面具之下，使用好的或无所谓的面具，即便是在我们的内心，我通过它们的表情手势知道它们是谁。我知道，它们在我们的心里，想尽办法地欺骗我们。而这样，我所看见的大部分的人，我比他们自己更了解他们。我常常采用对他们的探测，因为这样他们就变成了我的。我征服了我所解释的心理现象，因为对我来说，梦见就是占有。这样就能看出，是多么自然，我，一个梦幻者，是自我分析地认知自己。

因此，在少有的一些我喜欢阅读的东西里，我尤其喜欢的是，戏剧。每天在我的身中经历戏剧，我深刻地了解一个灵魂是如何构思威尼斯商人的心思，完整地。而且对此，我有点觉得有趣；剧作家有如此经常的，平庸的，巨大的错误。从来没有一出剧令我满意。我了解人类心理清晰得如同一道闪电，一眼洞察一切角落，戏剧家粗糙的分析和构思，伤害我，不多的这类题材的阅读，令我不快，如同文字间被涂了一道墨迹。

事物是我的梦的材料；因此，我心不在焉地，留意外界的某些细节。

为了刻画我的梦境，我必须知道真实的风景，在生活中，我们认为显要的人物，是如何，因为梦幻者的视觉，不是如同看见事物的视觉。在梦中，不像现实中那样，重要或不重要的对象都能看见。只有重要的做梦人才看得见。一个对象的真正的现实只是它的一部分；剩下的，是它交付给物质的沉重的赋税，来换取空间的存在。相似的，在空间里没有某些在梦境中是可以触摸到真实现象的现实。一个真实的夕阳景色，是无法量度的，是瞬间的。一个梦境的夕阳是固定的，永恒的。一个会描写的人，是懂得清晰地看见自己梦境的人（的确是这样）或在梦里看见生活，非物质地看见生活，用梦幻的照相机给它拍照，沉重的、应用的、外缘的光线对它起不了作用，在精神的底片上仅仅是一片黑。

许许多多的梦将我重重包裹，这种态度，令我看待现实中有一部分是梦境。我观看事物总是忽略掉梦里所不能用的东西。这样，我总是生活在梦中，即便我活在生活里。观看一个我内心的夕阳和外界的夕阳对我来说是同一件事情，因为我以同样的方式来看，因为我的视野是同样地雕刻出来。

因此，我对自己的看法，是一种许多人觉得不对的看法。从某种方式上说，的确是错的。可是我梦见自己，我从自身之中选择可以梦见的，以一切方式构思我，重构我，直到我能面对我想成为和不想成为的自己。有时候，看一个对象最好的办法是取消它而它却依然存在，我不知如何解释，用反物质做成，取消；就这样我造出，在我自己的肖像画中所忽略去的，我存在的巨大真实空间，变成我现实的形象。

那么，关于我对自己幻想的内心过程，如何又不错误？因为这个过程带来一个更真实的现实，一个世界的面貌，或一个梦境，也将情感或思想带到更真实的境界；于是剥掉一切高尚和纯洁的外衣，发生的事，实际上既不高尚也不纯洁。请看，我的客观性是绝对的，比一切都绝对。我创造了绝对的对象，在其具体上有绝对的性质。我并未逃避生活本身，在那种为了给我的灵魂寻找一张更软绵的床这种含义上的生活，我仅仅是改变了生活，我在自己的梦里找到我在人生中遇到的同样的客观性。我的梦——在另外一篇中我研究它——不取决于我的意志，站立起来，许多时候，它们震惊我，伤害我。许多时候，我在自身中所发现的东西令我凄凉、羞愧（或许是在我身中残存的人性？）、惊惧。

我身上不间断的梦幻代替了注意力。我开始在看见的事物上，甚至是我曾经梦中看见的，重叠上我携带的别的梦。我尽量做到，相当成功，不去注意被我称之为已经梦见之物，即便如此，因为这种心不在焉是由一种永恒的梦幻所驱动，和另一种原因，也非夸张地专注的，就是对我梦境过程的关心，我将我的梦置于我看见的、并交叉着，已经褪尽物质的，有着非物质的绝对现实的梦境之上。

由此，我获得了同时追寻几种想法的功能，观察着事物，同时梦见许许多多的各种事，同时梦见真实的特茹河上真实的夕阳和一个梦里大西洋深处的清晨；两个梦境相叠加，又互不相混，没有特定的混淆，除了每种景色所引起的不同的情绪状态，我就像一个走在有许多行人街道上的人，同时在所有人的灵魂里感受着——在一个感受的单元里会是如何——同时又看见几个身体——那不得不看见的各异的人——相遇交错，在充满腿部运动的街道上。

## 创作一件作品

创作一件作品，而做完之后承认它不好，是灵魂的悲剧之一。尤其是还得承认这件作品已是所能达到的最好效果，真正是大悲剧。可是，当去撰写一部作品，事先就已经知道它是不完美的，失败的；在写的时候，就看着它不完美，是失败的——这是对精神最大的折磨和羞辱。我不仅不满意我所写的诗句，而且我知道我正在写的诗句我也不会满意。我在哲学上和肉体上都知道这一点，通过一种，晦暗矛盾的，隐约的视觉。

那么我为什么要写？因为，我宣扬放弃，尚且没有学会充分地实施它。我没有学会放弃写诗和散文的倾向。我必须得写，就像服刑。而最大的惩罚就是知道我所写的东西终归全是徒劳的，失败的，不确定的。

童年时我就写诗，那时候我写的诗特别差劲，可是我觉得非常完美。我永远不能再有创作完美作品的虚假快感。今天我写的要好得多。的确，比最优秀的诗人能够写得都更好。可是无限地低于我觉得，我不知为何——或者，也许是，应该是——我能够写出的水平。我为我童年幼稚的诗句而哭泣，好像是在哭一个死去的孩子，一个死去的儿子，一个逝去的最后的希望。

# 如果我写了《李尔王》

如果我写了《李尔王》，之后我的整个一生都会在悔恨里度过。因为那部作品太庞大，缺陷就很多，可怕的缺陷，乃至于某些细节，某些场景，有完善的可能性。不是太阳有黑子，是一尊残断的希腊雕像。一切所完成的，都充满错误，缺乏透视，愚昧无知，恶趣的线条，软弱，注意力分散。写一部具有准确的、规模堪称伟大的艺术作品，恰当的完美以成为崇高的作品，任何人都没有神性来达到，是幸运使其成功。不能一气呵成，不受到我们的精神坎坷不平的影响。

如果我想到这些，我的想象力就进入一种巨大的悲哀，一种我永远不能创造出哪怕是一点点好的、对美有益的东西的痛苦。除了是神，没有方法获得完美。我们最大的努力会持续一段时间，而持续的时间经历我们灵魂的不同状态，而每个灵魂状态，由于它不是任何别的，会以它的人格扰乱作品的个性。我们唯一能确定的是写得不好，当我们写作的时候；唯一伟大的、完美的作品，是那个从来没有梦想实现的作品。

你再听我说，并同情你自己。听着这一切，然后告诉我，是否梦比生活更有价值。工作永远没有成效。努力永远抵达不了任何地方。只有放弃才是贵族的、高尚的，因为放弃是承认实现永远是低级的，所完成的作品永远是梦想作品的可笑影子。

能写出来，把文句写在纸上，然后能大声读来听，我想象的戏剧人物的对话！这些戏剧有完美的行动，没有断裂，没有缺陷的对话，可是在我内心并不能设计展开的行动，以便让我能策划导演；那种构成内心对白的本质也不是所谓的语言，为的是，仔细听的，我能将其译写成文字的。

我喜欢一些抒情诗人，因为他们不是史诗诗人和戏剧诗人，因为他们有恰到好处的直觉，从来不想实现比一时的激情或者梦想更多。所能无意识地创作的——尽可能完美的尺度。没有任何一出莎士比亚的悲剧能像海涅的抒情诗那样令人满意。海涅的抒情诗是完美的，而所有的戏剧——不论是莎士比亚的还是任何人的，总是不完美的。可以构建、竖立起一个整体，合成如同一个人的身体一样的东西，各部分完美地相互呼应协调，而有一个生命，一个统一的、一致的生命，将形状分散的两个部分统一起来！

你，听我说却几乎等于没听，你不懂这个悲剧是什么！父母双失，得不到光荣，也没有幸福，没有朋友，没有爱情——所有这些都能忍受；不能忍受的是梦想一个美丽的事物而不可能以行动和词语成功地得到它。完美作品的意识，获得作品的满足——是在静谧的夏天，树阴下轻柔的一梦。

## 时光，就像傍晚的车

即便是再简单的手势表情都代表着一种精神秘密的侵犯。所有的手势表情，都是一次革命行为［也许，都是我们的真正的（……）目的的流露］。

行动是思想的疾病，一种想象力的癌症。行动是自我流放。所有的行动都是不完整的和不完美的。我梦见的诗没有缺陷，只是当我企图实现它时才有。

树木枝叶的破碎的影子，鸟儿颤巍巍的歌声，江河伸展的手臂，绿草，罂粟，它们清新的闪光，向着阳光微微抖动，各种单纯的感受——当我感觉这些，感到对它们的思恋，仿佛当感觉它的时候，都没有觉察到。

时光，就像傍晚的车，在我思想的阴影里吱吱作响地返回。如果我向自己的思想抬起眼睛，我觉得双眼灼烧在世界的表演场。

要实现一场梦，必须把它忘记，对它分散开注意力。所以，实现就是不实现。生活充满悖论，如同有刺的玫瑰。

我很愿意将新的"不协调"神化，成为灵魂们新无政府主义的否定的宪章。我总觉得编一部我的梦集，对人类是有用的。因此我从未放弃尝试去做。我的所为能够有所用的想法，让我痛苦，让我枯竭。

我在郊外有庄园。在我穿过遐想的树木和花丛间，度过我远离城市的时光。连我的手势表情的生命回音都传不到我绿色的隐居。我让自己的记忆入睡如同无穷无尽的游行。我只从思考的酒杯啜饮金色葡萄酒的笑容；我只用眼睛饮酌，闭上双眼，生命经过如同远帆。

天气晴朗，有我没有的东西的气息。蓝天，白云，树木，那里缺少的长笛，——由于树枝的抖动而未完的牧歌……所有这些和我的手指轻轻拂动之处的无声的弦乐器。

寂静里植物的科学院……你的名字听起来像罂粟花……池塘……我的归来……在弥撒中发了狂的疯神父。这些回忆都是我的梦的……我没有闭上眼睛，可是眼前一片茫然，什么也看不见……我看见的东西不在这儿……水波浩渺……

错综复杂，混乱一团，树木的绿是我的血的一部分。生命在我遥远的心脏跳动……我注定不是为了现实而生，而生活要来找我。

命运的折磨！谁知道我明天是否死去！谁知道今天是否发生什么对我灵魂可怕的事情！……有时候，当我想到这些，我惊恐最高的暴政让我们瞪着纯洁的眼睛，不知将迎面遇到什么不确定的事件。

# 一封信

这样你就会懂得理解你的责任，仅是一个做梦人的梦。你仅是梦想家们大教堂里的香炉。把你的表情动作雕琢得似一场梦，好让它们仅仅是开向你灵魂赤裸的风景的窗。用这种方式筑建你的身体，模仿梦，不想着别的东西就不可能看见你，让人想到一切，就是想不起你本人。看见你，仿佛看音乐在穿过，梦游症似的。一片片死了的湖水的巨大风景，寂静的朦朦胧胧的，迷失在别的时代深处的森林，那里，各种的、隐身的、一对对的、经历着我们所没有的情感。

不仅不要你，你的什么我也都不想要。我想要的是，你如果出现在我的梦里，我可以依然循梦想象，——都没看见你，可也许，注意到月光把（……）洒满一座座死湖，如歌声的回音，朦胧不清，如巨大的森林里起伏的风涛，突然消失在不可能的时代。

你的视野像一张床，我的灵魂睡在上面，像一个病孩子，好再一次梦见别的天空。你说话吗？是的，可是听着你说，就好像没听，却看见一座座巨大的桥，在月光下，连接着河的黑暗的两岸，那河水流向同一片大海，那里，帆船永远是我们的。

你笑了吗？这我可不知道，可是在我的心空，星星在走。这个你叫我睡不醒。我没注意，可是这处船上梦的帆在月光下移动，我看见遥远的海。

## 除了做梦，我从来什么都没做

除了做梦，我什么都没做。我的人生意义，就是做梦，只有做梦。我除了关心内心，别的从来都没有真正关心过。当我向内心打开窗，生活中那些最大的痛苦便渐渐模糊，在我的视线中走开。

除了做梦幻者，我从来没有试图做别的。对向我谈论生活的人，我从来没有注意听。我一向属于那个不在我所在之处的、我从来不能够成为的人。一切所不是我的，哪怕是再低贱的，总是给我诗兴。除了空无一物，我从来没有爱过别的。除了那种都不能想象的，我从来没有渴望过。对生命我别无所求，除了让它在我身边毫无感觉地流淌。对爱情，我只求是个漫长的梦永远不要停。在我内心的风景里，所有的都是非现实的，总是那些吸引我的远景，云雾飘渺的渡槽——几乎在我梦里风景的距离，有一种梦的，关联到其他地方的风景的柔情——那种我能以它来爱的柔情。

我的创造一个虚假世界的癖好，仍然在陪伴我，只有到死才会遗弃我。今天我不把抽屉里的汽车摆成一排，还有国际象棋的兵卒——有个主教或马偶然地出了列——没有去摆正它们让我感到遗憾……我在想象里摆正，舒适地，仿佛是一个人在冬天就着壁炉，给居住在我之内的人物烤火，是持续而生动的。我有一大堆的朋友，他们有自己的、真实的、确定的、不完美的生活。

有些经历着困苦，有些过着放荡的生活，诗情画意，贫贱简朴。

有的是跑销售的职员（能梦想当个出差的销售员，一直是我的伟大理想——不幸是没有实现的理想）。还有的住在一个葡萄牙的边远村镇里；他们来到城里，我与他们邂逅并认出他们来，向他们敞开双臂，有种吸引力……当我梦见这些，在自己的房间里踱着步，大声说话，比画手势……当我梦见这些，幻境里遇见他们，我兴高采烈，自我实现，高兴地跳起来，眼睛放光，张开臂膀，感到巨大而真实的幸福。

啊，没有比怀念从来没有发生过的事更痛苦的了！当我想到我在真实时间中的过去所感觉的，当我伏在我逝去童年生活的尸体上哭泣……都不如我哭泣梦里的不真实的人物、那种我的梦幻人生里的次要角色，那样的伤心。当我转过幻境的街角时，当经过一个大门时，在我走过的街道上，追寻这个梦的时候，我记得只见过一次的，偶然的人物，那种痛苦和颤抖的激动。

那种不能再次经历的，永远不能重现的思念，如此令人泪流满面地对上帝愤怒。他创造了无可奈何，我对梦里朋友所思索的事情，我与他们在想象中经历了那么多细节，和他们有那么多次灯下长谈，在想象的咖啡馆，我，归根结底，脱离开我对他们的意识，真正的是，不属于任何空间，没有丝毫立足之地！

噢，我所携带着的，死掉了的，除了发生在我的梦中，从来没有存在于过去！除了在现实中从来没有存在过的乡村小房子花园里的花。只是一个梦的庄园里的菜园、果园、松林！我想象着乡村度假，我在从来没有存在过的田野上散步！路边的树木、小道、走在路上的农民……所有这些，从来都不过是一个梦，都存贮在我的记忆，令人心痛，而我，多少次梦见它们，然后，又多少次来回忆梦到它们，真的，对它们怀念，是我哭泣的一种过去，一种死去的，真实的生命，我庄严地注视着它躺在棺材里。

也有风景和生活，不完全是内在的。一些谈不上高超艺术的绘画，某些油画版画，挂在墙上的，我与它们共同生活了许多时间——变成我内心的现实世界。这里，我感觉异样，更加辛辣酸楚，为自己不能够在那画里而焦虑。不管那里是否真实。至少，不再画上我，画在那个森林旁，月光下，在我睡觉的房间里一幅小版画上，已经是件大事！我不能想象，我在那里掩藏着，在河边的树林里，在那种永恒的月光下（尽管画得不好），看着一个人乘船在弯弯的垂柳下！这儿，不能完全地梦进里面去，令我痛苦。我思恋的面容是另一种样子。我绝望的表情手势是异样的。折磨我的欲罢不能是另外一类的苦楚。啊，所有这些，在上帝那儿都没有意义，没有一种符合我欲望的精神现实，我不知是在何处，以垂直的时间，同我的思念和僭妄有一致的方向！没有，至少仅给我的，一种用这些所建造的乐园！我不能遇到我梦里的朋友，在我创造的街道上散步，在公鸡和母鸡的叫声里，清晨房子里窸窣声响里，我所设想的乡村小屋里醒来……而这一切，完全由上帝完美地安排，在那种完美的秩序里存在，以一种精确的方式，连我的梦都达不到，不然，缺少私密的空间维度，来保持那些可怜的现实……

我从正在书写的纸上抬起头……还早，刚刚过了中午，星期日。生活的悲剧，有意识就是有病，进入我的身体，折磨我。没有岛屿给不舒适的人，古老的林荫道，从前所不能遇到的，那是为隔绝在梦里的人们的！生活必须行动，哪怕是一点点；在生活里，必须有其他人，也是真实的人，必须与这种事实擦肩而过！必须在这里写这些，因为灵魂需要我写，而就是这，不能仅仅去梦见而不用语言表达出来，无须意识本身，以一种自我构建，用音乐和有层次的色彩，好让我一感觉到自我的表达，就让泪水涌上双眼，而我则像一条欢畅的河，在我自己缓缓的坡度流淌，越来越贴近无意识和远方，没有任何意义，除了神。

## 我童年的时候

我童年的时候，收集（缝纫机的）线轴……

我爱它们，深切地同情它们，因为它们不是真正的小车。

有一天我得到几枚残存的国际象棋棋子，别提有多高兴！我立即给它们起名字，开始属于我的梦里世界。

那些形象，是否清晰，有不同的生活。有一个——我宣布它性情暴烈，像运动员——住在我衣橱柜上的一只盒子里。下午，先是我，然后是他，我们放学以后，在那里，乘一辆电车游览，用木头火柴盒的内盒，我好像是用什么铁丝把它们连接起来。车子一走，它总是跳。噢，我死去的童年！噢它们永远活在我心中！当我回忆起我的这些已经是大孩子的玩具，便热泪盈眶，一种锐利的而徒然的思念，像悔恨，啃噬着我。那一切都成过往，僵硬，可见，历历在目，留在我的过去，在我那时房间的永恒意念里，在童年不可见的我的四周，从内向外看，从衣橱到梳妆台，从梳妆台到床，从空中驶过，想象空中的铁轨，残缺的电车把我可笑的木头同学带回家。

我同学被我带出恶习——抽烟、偷窃——我没有色情倾向，不让他们这么做，除非，我觉得，有点好色，我以为那是开玩笑，亲女孩子，偷窥她们的腿。我让他们躲藏在一个箱子后边，吸用纸卷做成的烟。有时候，老师来了，我一下就感觉到大家都很紧张，我立即把烟卷收起来，看见这个偷偷吸烟的人，若无其事，站在一角，等着老师，向他问好，我记不清说什么，在他必经之处……有时候，他们相距很远，我不能用一只手臂操纵这个，另一只操纵另一个。就得让这个走几步，然后那个走几步。这令我痛苦，就像今天我不能对生活给出表达方式……啊，为什么我回忆起这些？为什么我不能总是孩子？为什么我没有在那儿死去，在其中的那些时刻，被我同学的坏主意捉弄，被好像出人意料地出现的一个老师捉住？今天我不能这样做……今天我只有现实，我不能逗着现实玩……在成年时被流放的可怜孩子！为什么我非得要长大？

今天，我重新想起这些，思念更多。我心中死去的比我过去经历的要多得多。

## 改换灵魂

你唯一的，能产生新感觉的方式，是铸造出一个新的灵魂。如果你想感觉别的东西，而用同样的方式来感觉，你的努力就是徒劳，而你要想以不同的方式来感觉，不换个灵魂就做不到。因为事物就是如我们所感觉——这有多久你就知道而竟然装作不知？——而唯一的有新东西的方式，感觉到新的东西，就是对事物用新的感觉。

改换灵魂。怎么改？你自己去发现。

从出生，到死亡，我们慢慢地改变着灵魂，一如身体的改变。想办法让这种变化加速，如同某些病，或者恢复健康，就让我们的身体快速地变化。

永远不要上台讲演，免得让人们觉得我们有见解，或者走到读者中去和他们交谈。如果他愿意，可以去读我们的作品。

此外，做讲演的人，类似演员——优秀的艺术家看不起的把戏，艺术街角的雏儿。

## 我在分析意愿中杀死了意愿

可是，那种强迫我的，对生活的目的和运动的排斥；那种我寻求的，我对事物接触的决裂——恰恰将我带到那种我寻求逃离的。我不想感觉生活，连东西都不触碰，我从气质被世俗沾染的经验中知道，我对生活的感觉永远是苦痛的。可是，当我避免这种接触，隔绝自己，就会加剧我已经过度的敏感。假使能与事物切断一切接触，对我的敏感会是不错。可是这种完全的隔绝是不能实现的。我做得再少，我喘息，我行动得再少，我运动。而，这样，得以隔绝强化我的敏感，我能让最小的事实，甚至在对我什么都不作用之前，就像灾难一样地伤害我。我错在逃离的方法。我逃，绕了个繁琐的圈子，回到原点，带着旅行的疲倦，和对活在那里的恐惧。

我从来不把自杀看成是一了百了，我痛恨生活因为我爱它。我花费时间说服自己接受关于这个可悲的我所活在其中的误解。相信了它，我就很不痛快。当我相信某种事情总会发生，因为有了相信，我便会失去一种幻想。

我在分析意愿中杀死了意愿。谁能让我在分析之前返回到童年，甚至在还没有意愿之前！

在我的花园里，死去的睡眠，高照的太阳下昏昏欲睡的水塘，当成群的昆虫在时光中说着流言蜚语，我活得悲哀，不是作为一种愁苦，而是如同一种诗要完成的身体的痛。

宫殿，非常遥远，令人陶醉的花园，远处窄窄的林荫小路，石凳对逝去者已死的情趣——死掉的排场，破碎的恩宠，纸醉金迷。我渴望所忘记的，但愿恢复我梦见你的苦痛。

# 不让星星和天空保持原状

今天我最需要的，来定义我精神的格言，就是冷漠的创造者。比起别的行动来，我愿意在人生中做的，是教育他人更多地感觉他自己，更少地遵循集体的动力规律……

教育在精神上防腐，通过它人不能受庸俗所染，在我看来这会带来最星光灿烂的命运，我愿意成为内心的教育家。要让所有阅读我的人学到——哪怕只是一点，如题材所指命的——在他人的眼神前，和别人的看法前，没有任何感受，那种命运足够给我生命的学术滞停，饰满花环。

在我，行动的不可能性一直是一种有形而上学原因的病症。做一个手势表情，对我的感觉事物，从来是一种打扰，延展，在外部宇宙；做动作，我总有那种印象，不让星星和天空保持原状。因此，最小的表情手势在形而上学的重要性，立刻就在我的内心感受到惊恐。面对行动，我获得一种超然诚实的疑虑，它抑制我，只要我将这种疑虑固定在我的意识里，不让我和可触摸的世界有很强的关系。

## 我以一种巨大的痛苦对时间感觉遗憾

我以一种巨大的痛苦对时间感觉遗憾。总是有一种关于分别的夸张的感动。我住了几个月的简陋的出租房，陪我度过了六天的乡村旅店的桌子，我消磨了两个小时等火车的火车站伤感的候车厅——是的，可是生活中的美好事物，当我离开它们，以我全部的敏感神经认为，永远再也见不到它们，得不到它们，至少在那个确切的时刻，就形而上学地痛。让我的灵魂开裂出一道深渊，一阵上帝时间的冷风从我苍白的脸上拂过。

时间！往事！那儿有某种东西，一个嗓音，一支歌，一股偶然的香水味，从我的灵魂里站起，我回忆的围嘴……那种我曾所是的，再也不会是了！那种我曾所有的，不会再有！死去的人！我童年时爱过我的死去的人们。当我召唤他们，我的整个灵魂发冷，我感觉是一个弃儿，被一颗颗的心遗弃，在寂静的寒夜孤苦伶仃，像一个被所有的大门关在外面的乞丐那样哭泣。

## 想象的人物比真实的更突出

柔情，没有家庭、没有陪伴的那种柔情，那种轻柔的，仿佛被流放的情调，我们在其中感觉到背井离乡的豪放，身在远地模糊不清的心神不定，在我们心中化成不确定的快感——所有这些，我以自己的方式享受，淡漠地享受。因为我的精神在细节上有个特点，就是不刻意夸张地培养注意力。连梦都应该从上向下视，以一种贵族的意识，令其存在。给梦以一个过分的重要性，说到底，无外乎是过分看重一个从我们自己分离的东西，它们独自而立，有自己的功能，存在于现实。而因此，失去了要我们优雅地待它的绝对权力。

想象的人物比真实的更突出，更逼真。

我的想象世界对我来说从来就是唯一的世界。我从未有过如我自己创造的形象那样的，如此真切的爱情，如此热血沸腾的激情，充满活力。多么的遗憾！我思念它们，因为，像别的形象一样，它们逝而不返……

## 我从来不到有危险的地方去

为了感受速度的愉悦和恐惧，我不需要快速汽车，也不需要特快列车。只需要一辆电车和我所具有的、所培养的惊人的抽象官能就足矣。

在一辆运行的电车里，通过一种持续的、即时的分析的、态度，我会把车的概念和速度的概念分开来，把它们同一切分开来，直到它们是不同的现实。然后，我就能感觉不是在车里，而是在它纯粹的速度里前进。厌倦时，如果我偶然想要巨大速度的谵妄，我能让念头进入纯粹境界，模仿速度，随心所欲地增快或减慢，将速度扩充到汽车火车的可能速度之外。

冒真实的危险，除了会让我惊恐——不是由于我感觉过度而惊恐——而是因为这干扰了我对自己感受完美的注意力——这还会让我不舒服、失去个性。

我从来不到有危险的地方去。我对危险有一种厌烦的恐惧。

夕阳是一种知识现象。

# 清醒的日记

我的人生，天使们跺着脚起哄落幕的悲剧，仅仅演出了第一场。

朋友，一个都没有。只有一些同情我的熟人，如果一辆火车从我身上碾过去，葬礼在下雨天，他们或许会伤感。

对我远离生活的自然奖赏是，我在他人中创造的，没有能力和我一起感觉。围绕着我的，有种冷漠的光环，一种寒冰的光晕，排斥他人。我还未做到对我的孤独不觉痛苦。获得那种精神的卓越，令孤独成为一种无痛苦的休憩，是那么的难。

我从来不信别人向我表示的友谊，就像对爱情也不信那样，假使或曾对我有所表达，然而，我觉得那是不可能的。虽然我对那些自称朋友的人从未有过什么幻想，我总是能从他们得到失望之苦——我受苦的命运是如此复杂而微妙。

我从未怀疑所有人都背叛我；而当他们背叛我的时候我却总是目瞪口呆。当我所期待的到来时，我总是感到出乎意料。

由于我从来没有在自身中找到背叛谁的品质，我始终无法相信有谁感觉到被我背叛。这见解是种愚蠢的谦逊，假使事实上的事实——那些我所期待的、意想不到的事实——总是不来确认它。

我都不能想象，人们由于同情而敬重我，因为，尽管身体上的笨拙和不接受，我没有到那种有机粉碎的程度，来进入围绕他人同情的轨道，而那种同情既有吸引力，又没有吸引力，因为它明显地不配得到这些同情；是不能有对我身中值得怜悯的，因为对精神上残疾的人永远没有怜悯。这样，我从他人不屑的引力中心掉落下来，我不倾斜于任何人的同情。

我全部的人生一直想去对此适应，不去感觉它太过分的残酷和潦倒。

需要某种知性的勇气，让一个人勇敢地承认，他不过是一块人类的破抹布，遗属的抚恤金，尚未收进疯人院的疯子；但是要有更大的精神勇气，承认了这些，来创造一种对他的命运完美的适应，毫不抗拒地，不委屈，无任何姿势表情，或比画出姿势表情，接受大自然强加给他的有机的诅咒。要想不为此感到痛苦，是想要得太多，因为接受恶，把它当成善，把它称作善，与人类不相容；而，当将它当作坏事来接受，就不可能不对其感到痛苦。

从外部自我构思，是我的不幸——对我幸福的不幸。我看自己如同别人看我，我开始鄙视自己，不尽然因为承认自己那种该受蔑视的素质，而是因为我开始像别人一样地看待我自己而感觉到某种他们对我感觉到的蔑视。我感受自我认识的耻辱。由于这个骷髅地没有高贵，没有几天后的复活，我除了忍受此中的卑贱别无可求。

我懂得，不可能有谁爱我，除非他缺乏一切审美意识——而于是乎我为此而轻蔑他；而且即便是同情我，也只不过是他人冷漠的怪癖。

看清自己，看清他人对我们的看法！面对面看见这个真相！基督在骷髅地最终的叫喊，当他看见，面对面，他自己的真相：主啊主，为什么要抛弃我？

## 感觉是必须的，而不须生活

所有的灵魂都不愧经历极端欲望的生活。满足于所给他的，是奴隶的特质。需要许多，是孩子所特有的。征服更多，是疯子所特有的，因为所有的征服都是（……）

过极端的生活意味着生活到极限，可有三种实现的方式，而每个高尚的灵魂应该选择其中的一种。即：通过对生命的极端占有，经历极端的生活；通过奥德修斯冒险旅行，经历所有的生活感受；穿越所有的能量外化的形式。然而，在所有时代，那样的人很少，他们能够闭上厌倦的、充满疲惫的眼睛，以所有方式占有一切。

稀少的人，能够对生活这样要求，成功达到它，让生活把身体和灵魂都交给他们；懂得不嫉妒她，由于她对他有真心的爱。可是，这无疑应该是，高尚而强大的灵魂的欲望。然而，当这个灵魂，发现不可能将其实现，没有力量争得整体的所有部分，则有另外两条路可循——一条，是全部放弃，正式的放弃，将那种不能在活动和精力领域完全占有的完全退却到感受的范畴。比起徒劳无益的、零碎的、不足够的行动，不行动要高尚得多，有价值得多，就像许多人的无数多余的，大部分白白地空费气力；另一条，平衡而完美的道路，寻求绝对比例的界限，由此对极端的焦虑从意愿和激情转换成智慧，全部的志向不是度过全部的生命，不是感觉全部的生命，而是安排整理全部生命，在和谐和智慧协调中实现它。

理解的渴望，对如此多的高贵的灵魂取代了行动的渴望，属于敏感性范畴。智慧代替能量，砸断意志与情绪之间的链环，褪掉一切物质生活的手势的兴趣，这才是，当获得到，比生命更有价值，完全占有是如此地困难，而部分占有又如此地可悲。

亚尔古英雄们说，航海是必须的，而活着并非是必须的。我们，病态敏感的亚尔古英雄，我们要说，感觉是必须的，而不须生活。

# 视觉情人

就连在那些人物周围，以观赏他们来愉悦自己，我都没有编织什么幻想情节的习惯。我看他们，他们的价值对我只是被看见。所有别的给他们的添加，都是对他们的减少，因为，这么说吧，降低他们的“能见度”。

我对他们的一切幻想，强制地，在幻想的那一刻，我便认识到是假的；而，假使说梦幻令我愉快，虚假则令我厌恶。纯梦令我陶醉，那种与现实不相干的，与现实没有接触点的梦。不完美的梦，在人生有出发点的，令我不快，或者说，不如说，假使我陷入其中，会让我很不高兴。

对我来说，人类就是一幅巨大的装饰画，我生活，就是用眼睛、耳朵、心理、情感来体验它。对人生，我别无所求，除了观看它。对自己我别无所求，除了观赏人生。

我如同是另一个存在里的人物，无限感兴趣地穿过这个存在。我在所有地方对她都是异化的。在我与它之间，就像隔着一层玻璃。我要那面玻璃总是非常明亮，为了能考察它没有任何媒介的失误；可是我总是愿意隔一层玻璃。

对全部科学构成的精神，在一种东西中看见那里有更多的，就是对那个东西看见得更少。物质的增加，精神的减少。

我把自己对博物馆的厌恶归咎为这种灵魂状态。博物馆，对我来说，是整个生活，其中绘画总是准确的，而只在观察者的不完美中才能有不准确。可是，那种不完美，或者我努力减少它，或者，假使我不能做到，就满足于它就那样，因为就像一切事物，除了这样只能这样。

# 赐我自我忘记

时光轻柔流畅如一座祈祷的圣坛。肯定的是，我们的相遇是当星相上福运聚集到巅峰。如此的滑如绸缎，如此的微妙，看得见梦的不确定性物质插入我们感觉的意识。完全停止了，仿佛在某个夏天，我们那种活着毫不值得的酸楚念头。再生了那个春天，尽管是由于错误，我们能想或曾有过的春天。在我们相似的名誉扫尽中，在树木间，在露天花坛的玫瑰间，池塘以同样的方式哀叹，生活不确定的曲调——一切都不负责任。

不值得预感，也不值得知道。一切未来都是包围着我们的迷雾，而当明天隐约可见，有今天的味道。我的命运，大篷车遗弃的小丑，而这，没有比路上的月光更好的月光，除了清风吹动树叶的抖动，也没有别的、不定的时光和我们的判断在那里的抖动。遥远的紫色，逃逸的阴影，永远不完整的、我不信死亡将其续完的梦，奄奄一息的太阳的光芒，山坡上屋舍的灯光，苦闷的夜，书籍间孤独的死亡的香水味，生命在外面，广袤的、山那一边星星更多的夜色里，树木发出绿色的气息。这样你的悲苦有了善意的伙伴；你不多的话语让登船有帝王的威严，从来没有任何船返回，连真实的都不，生活的烟将一切的轮廓泯灭，仅仅留下阴影，镶嵌着，不祥的湖水的哀愁，在华托（法国画家）的大门（从远处看）的黄杨树间，痛苦，别再更多了。千百年，只有那些你看见的，可是大道没有拐弯，所以，你从来不能抵达。只为了斟满不可避免的毒鸠的酒杯——不是你的，而是所有人的生活的，甚至灯，水槽，朦胧的翅膀，只是听到的，用思想听的，在不安的夜，窒息的夜，一分钟一分钟的，从你心中站起，在外面的愁苦中前行。黄色，墨绿，靛蓝——都死了，我的灵魂，都死了，所有的船都是那条未启航的船！为我祈祷吧，上帝也许，因为是你为我祈了祷而存在。低吟，远处的水泉，动荡的生活，夜色降临的小村舍的消散的炊烟，浑浊的记忆，远处的河……赐我睡眠，赐我自我忘记，主意不定的圣母，爱抚之母，祝福之母，与存在势不相容的……

## 不安之夜交响曲

在带着写在沉重的楼宇黑色石块上陌生传统的那些古老城市的黄昏；积水的、泥沼的，潮湿得仿佛太阳升起前的空气的，草甸上的颤抖的黎明；里面什么都有可能的狭窄的小巷；老旧的客厅里沉重的箱子；月光下的庄园深处的古井；我们都不认识的奶奶写着日期的初恋情书；收藏着过往时光的房间里发霉的气味；今天谁都不会使用的步枪；炎热的午后在窗前发烧；惊醒的睡梦；葡萄园里扩散的霉病；钟声；生活的修道院回廊里的愁绪……祝福时你轻盈灵巧的手……爱抚永远不来，戒指的钻石在几乎黑暗中流血……灵魂中没有信仰的宗教节日：粗糙丑陋的圣徒像物质的美，想得到她们的浪漫爱情，入夜落潮的海腥气，在因清爽下来而变得潮湿的城市码头……

你消瘦的手拖拽着被生活绑架的人。长长的过道，裂缝，关闭的窗永远是打开的，地上寒冷得如同坟墓，对爱情的思念仿佛像欲做未做的去不完整的地方的旅行……那些古代女王的名字……画着那些强大的伯爵的玻璃彩绘……晨光朦胧地散开，像是一股冷香的青烟，凝缩在不可透入的地面的黑暗中的教堂的空气中……枯干的双手，一只紧贴着另一只。

修道士的疑问，在非常古老的书上找到的，在荒谬的数字里，魔法师的道术，在《学道入门》修炼步骤的装饰性版画插图里。

太阳下的海滩，我的发烧……大海的闪光，我嗓子的苦痛……远处的船帆，就像走在我的发烧里……通向海滩的石阶在发烧……清凉的，海外的，微风中的炎热，大海吞噬，威胁，黑暗——远处亚尔古船黑暗的夜，原始的帆船在我的前额燃烧……

一切都是别人的，除了没有痛苦。

把她（……）给我……今天，在这所房子里缺了她细碎的脚步声，不知道她到哪儿去了，在哪儿做着针线活，那些褶皱，那些颜色，那些别针。今天，她的针线活被永远关在多余的五斗橱的滑动抽屉里，没了圈抱在母亲脖子上手臂的温热。

# 这就叫做生活

人类灵魂如此不可避免地承受着痛苦，即使他已经有所预期，那种痛也会令他惨痛得惊讶。一个男人，一生都在谈论女性没心没肺、水性杨花是天性和典型的东西，当他被爱情背叛，会感到完全悲哀、惊异、愁苦——也同样，不是别人，就像一直把女人的忠诚和坚强说成是教条和期望。

另一个人，他将一切看成是空洞虚无的，当发现自己所写的毫无价值，或自己教育的努力毫无成效，或自己感情的沟通是虚假的，那感觉就如同一道突然的闪电。

不必认为，对他们发生了这些灾难的这些人在其所说的或写的东西上不太真诚，那些灾难是别的，在本质上可预见的和确切的。智力断言的真诚性与自发感情自然性是两码事。而似乎能够是这样，灵魂似乎能这样有惊恐，只是为了不让他缺少疼痛，不断地受到羞辱，对他不缺少愁苦就如同人生的一份平分的遗产。在对错误和苦难的能力上，我们所有人的能力都一样。只有没感觉的人才不经历；高尚的人，最高贵的人，最有远见的人是那些来经历和忍受他们预见到的和所厌恶的。这就叫做生活。

## 我活在不属于我的印象中

在我，感觉的强烈，总是不如对感觉的意识强烈。比起意识到受苦，我总是更为受苦的意识而痛苦。

从根源上，我感性的生活，搬入思想的大厅，我总是更广泛地经历人生的感情认知。

而由于思想，当容纳了情绪，变得比它更加苛刻，我在其中经历所感觉的意识系统，感觉的方式对我来说变得更加日常，更加浅表，更加有挑逗性。

我创造回音与深渊。我成倍增长，越沉越深。一个微小的场景——从光生出的改变，干枯的树叶旋转着落下，发黄的花瓣脱落，墙壁另一边的说话声或说话人的脚步声加上应该是听话人的脚步声，老庄园半开半掩的大门，月光下拥挤的房屋拱门开向的院落——所有的，不属于我的东西，用思念的回音的纽带，绑缚住我敏感的冥思。在每个那种感觉中，我是另一个，在每一个不确定的印象中痛苦地更新。

我活在不属于我的印象中，不断放弃的败家子，成为另一个人，是我做我的方式。

# 艺术是一种科学

唯一真正的艺术是建树。可是现代环境使得不可能出现有质量的精神建设。

这就是发展科学的原因。今天，唯一有建树的东西是机械；唯一的系列论证就是数学证明的论证。

创造的能力需要支撑点，需要现实的拐杖。

艺术是一种科学……

有节律地受苦。

我不能阅读，因为我超炽的批判除了缺陷、不完美、改善的可能性，不揭示别的。我不能做梦，因为我感觉梦那样生动，叫我把它与现实相比较，这样我立即感觉它不是真实的；因而令它的价值消逝。我不能从天真地沉思事物和人物中获得快乐，因为深入的焦虑是不可避免的，而我的兴趣没有这种渴望就不能存在，或非得死在或枯竭在它的手中。

我不能用形而上学的思辨来消遣，因为我太清楚，对我自己来说，所有的系统都是可辩护的，从智性的角度是可能的；而，为了享受建树系统的智性艺术，我没有能力忘记，我缺乏忘记它的能力。

一个幸福的过去，对它的回忆就让我变得幸福；当下没有任何让我快乐和感兴趣的，没有未来的梦和可能性与这个当下不同，或者我能有一个不一样的过去，——我安葬我的生命，一个对我从未曾去过的乐园的有意识的幽灵，我尚待有之的希望的生就的死尸。

那些统一痛苦的人是幸福的！那些，对他们，愁苦改变但是不分割，那些相信的，哪怕是在不相信中，并能够坐在阳光下丝毫没有思想保留的人，是幸福的。

## 行动即休憩

我是属于那种，女人说她们爱，而当她们遇到时却从未认出的灵魂；是那种即便她们认出来，一切也从来不肯承认的灵魂。我以一种鄙视的关注忍受自己感情细腻之苦。我拥有浪漫主义诗人所受人崇拜的一切优秀气质，即使是缺乏那些气质的，也因之而成为真正的浪漫主义诗人。我在几部小说里被（部分地）描写成为一些情节的主人公；可是，我生命的本质，如同我的灵魂，永远都不做主人公。

我对自己没有一个看法；也并非是那个对自己没有看法的看法。我是自己的意识的游牧者。我内心财富的牧群从第一个看守人四散而逃。

唯一的悲剧是我们不能构思悲剧。我总是清晰地看见我与世界的共存。从来没清晰地感觉到我需要与世界的共存；因此我从来不是一个正常人。

行动即休憩。

所有的问题都是不可解决的。有一个问题的本质就是没有一个解决方案。寻找一个事实，意味着没有事实。思想即不懂得存在。

有时候，我在王宫场地，河边，度过许多小时，徒然地思索。我的焦躁不断地想把我从那种安静里拔出来，而我的惰性又不断地把我留在那里。于是，我在一种身体的昏沉中冥思，就好像是沉湎在里面，仅仅如风的低吟让人想起低语声，在对我自己朦胧的欲望永恒的不满足中，对我不可能的永久动荡不定的渴望中。我，主要地，对可能遭受的不幸而感到痛苦。我缺乏某种我不愿要的东西，因此准确地说并非是所谓的受苦。

码头，傍晚，海腥味，都加进来，一起加进来，兑成我的悲愁。不可能的牧人的牧笛，都不能比此处没有牧笛更轻柔，而这使我想起它们来。

遥远的田园生活，在小河的岸边，这类似的时光让我心疼(……)

# 占有之河

我们所有人都是不同的，这是关于我们本性的一条公理。我们只是从远处在比例上看着相似，因此，那里面并不是我们。生活，因此，是属于不给自己下定义的人的；只有从来不下定义的人们才能共同生活，而他们一个个的，谁都不是。

我们每个人都能分成两个，当两个人相遇，接近，联系，这四个很难会意见一致。一个人梦见每个梦里行动的人，如果那么多次和梦见的行动的人不和，又如何能不与行动的人和别人梦见的人相和。

我们有力量，因为我们是生命。我们每个人通过他人趋向于自己。如果我们对自己有我们认为有兴趣的尊重（……）所有的接近就都是一种冲突。另一个人永远是对有所求的人的一种障碍。只有无所求的人才是幸福的；因为只有一个不寻求的人才得到其所求，因为既然无求就已经得到所求，而已经得到，不管是什么，便都是幸福的（就如无求，是做富人的最好的部分）。

我看着你，在我心里面已设想了一位新娘，在你出现前我们就已经争执不休。我清晰地做梦的习惯，给我对现实的恰当的概念。一个过分做梦的人需要把现实给梦。一个把现实给梦的人必须给梦现实的平衡。一个给梦现实的平衡的人，他痛苦为梦见那么多像是生活现实的现实（和梦的非现实与感觉非现实的生活）。

我等待着你，在梦里，在我们的有两个门的房间，我梦见你来了，在我的梦里你从右边的门进来走到我近旁；如果，当你进来时，你从左边的门进来，就已经有一个在你和我的梦之间的差异。全部人类悲剧都在这个小小的事例，那些我们想象的人，如何永远都不是我们对他们想象的样子。

在差别中爱情失去个性，在逻辑之中已不可能者，在世界中则更甚。爱情想要占有，想把必须在他之外者变成他的，以便让他知道，只有不是他的才能变成他的。爱是付出。付出得越多，爱得越深。可是全部的付出，也付出了对另一个的意识。最大的爱情，因此，是死亡，或者，是忘却，或者放弃——所有的爱情都是在荒唐中的爱情。

在古老宫殿的高高露台，面对大海，我们静静地思索我们之间的差异。我是王子，你是公主，在海边的露台上。我们一见钟情，仿佛是月亮与海水相遇创造的美。

爱情要占有，但是不知何谓占有，如果我不是我的，又如何能是你的，或你如何是我的？如果我不占有我自己的存在，如何占有一个他人的存在？如果我已经不同于那个和我一样的人，我又如何是同我所不同的那个人一样。

爱情是种神秘主义，它要实践一种不可能性，但只有在梦中才能被实现。

形而上学。可是全部生活是一种暗中的玄学，带着诸神的谣言和唯一的途径，就是对途径的不知。

我的堕落对我最恶劣的欺诈是我对健康和光明的热爱。我总是认为一个青年人美丽的身体，和行走的幸福的节奏，具有在我身上一切梦的世界中最大的才干。以一种老年人的快乐，有时候以精神追随着——既无妒忌也不欲望——偶然的一对对的情侣在傍晚结合起来的，手挽手地，走向对青春的无意识的意识。我享受他们，就像享受一个真理，并不去想这是否和我有什么关系。如果我将他们与我对比，继续享受他们，可是就像一个人享受刺伤他的真理，将伤口的疼添加进了对诸神意识的理解。

我是与柏拉图主义的象征主义者相反的，对他们来说，一切存在，一切发生的事件，是一个现实的影子，现实仅仅是个影子。每件事物，对我，不是抵达点，而是出发点。对神秘学家，一切终结于一切；对我，一切从一切开始。

像他们一样，我通过类比与暗示来做，可是给他们暗示灵魂的秩序和美丽的小花园，则让我记不起别的，除了更大的花园，那里能够是，远离人们，不可能是幸福的生活。每个东西启迪我的并非是影子的现实，而是现实，通向它的是路。

星星花园（巴西利卡教堂对面），傍晚，对我是一座古老花园的暗示，在灵魂解除魔法之前的世纪。

# 为了创造，我毁灭自己

我每次旅行，都很长。一次乘火车到卡斯卡伊斯（里斯本西部）的旅行带给我的疲惫，就好像在这么短的时间内我已经游历了四五个国家的原野和城市。

当经过每一座房屋，每一所别墅，涂着白色和寂静的小屋——我会有一刻在里面生活的构思，开始是幸福的，然后无聊起来，最后厌倦；我感觉，离开它后，我携带着一种对在那里生活的时光深深的思念。以至于我所有的旅行都成了痛苦收获和巨大快乐的幸福，百无聊赖，和无数虚假的思念。

然后，当从房屋、别墅、山庄经过时，我在自身经历那里造物的生活，我同时活在所有的家庭生命里。我是父亲、母亲、孩子、表兄弟、女仆、女仆的表哥，一切同时，全都在一处，运用我同时感觉几种不同感受的特殊艺术——同时又在外部，观察他们，而在心理感受着他们——各个造物的生活。

我在自身中创造出不同的角色。我持续不断地创造人物。我的每个梦，刚一梦见，就立即附体到另一个人，由他来梦下去，而我不。

为了创造，我毁灭自己，我在内心将自己外化，乃至于在内心，除了是外化的我并不存在。我是赤裸的舞台，从上面走过几个演员，演出不同的剧目。

## 少校

没有什么像这类白日梦，那么内心地揭示，那么完全地解释，我天生的不幸本质，实际上更是一桩抚慰，是对我存在的愁苦经常选用的内心的镇痛剂。我的愿望精辟概括只是如此：睡梦生活。我对生活要得太多，为了能够离它而去；我太不想生活，对生活有太不合时宜的渴望。

这个梦就是这样，我正在写下的梦，是我喜欢的那些梦里最喜欢的。夜晚，有时候，家里静悄悄，因为主人们都出去了或闭上了嘴，我关上玻璃窗，用厚重的门挡住；（……）穿着旧西服，我依靠在深深的椅子里，陷入一个梦中，我是一个退休的少校，在一座乡村酒店，晚饭后的时间，和另一个更清醒的人，而他是无缘无故留下来陪少校的。

我设想生而如此。我不关心退休少校年轻的时候，也不管他有过什么升迁，直到我心中想到的军衔。无关于时间和生命，我设想的少校不是经历过任何人生之后的；没有，也未曾有过亲属；永恒地存在于那种乡村酒店的生活，已经厌倦了和迟来的伙伴讲的笑话。

## 生活痛苦，可自古而然

有时候我想，带着忧伤的快意，如果有一天，我已不属于我的未来，这些句子，我所写的，得以存世，受到赞美，终于有人“懂”了我，我的，真正的家，为之而生，被其所爱。然而，远不及到出生在那个家里，我早已经死去。我只作为雕像被人理解，当热爱之情已经不能弥补死者，他活着的时候得到的只有冷漠无情。

有朝一日，人们也许会懂得，没有任何人如我，履行了我与生俱来的一个世纪的一部分的阐释者的责任，而，当人们理解时，必定会写到在我的时代我不被理解，我不幸生活在无情和冷酷当中，说这对我发生，真是令人遗憾。而写下这些话的人，却将是，在他写这些的年代，如今天围绕在我周围的人一样，对未来时代类似我者的不理解者。因为人们只学他们已经死去的曾祖的习惯，我们只懂得教会死人真正的生活规则。

我写作的傍晚，下了一天的雨停了。快乐的空气让皮肤感觉一点过度的清爽。暮色不是灰蒙蒙的，而是苍白的蓝色，真的，街上的铺路石反射出泛滥的光。生活痛苦，可自古而然。一个个橱窗亮了灯。另一扇高处的窗，看到人们下了班 。与我擦身而过的乞丐，如果认出了我，会吃惊。

蓝色已不那么苍白，不那么蓝，分散在楼宇间，无限的时光更添了几分昏黄。

一天的确定的终结，轻轻降临，有信仰的、犯错的人们，在习惯的工作中像齿轮交错，在他们自己的痛苦里，有无意识的幸福。轻轻降临，在关灯的波浪中，无用的傍晚的愁绪，似雾非雾，笼罩了我的心。轻轻降临，傍晚像一幅温柔的水墨画，在简单寒冷的大地，里面有不确定的、苍白的蓝色闪亮——又柔和，又忧伤，在单纯寒冷的地上，轻轻落下，隐形的灰烬，伤心的单调，不麻木的无奈。

知道作品将是不好的，就永远不会去写。

然而，从来不创作它则是更坏的。

那部写了的作品，至少是完成了。

是可怜的，但是它存在。

我所写的，并承认是写得不好的，

也能给这个或那个受伤的或悲愁的灵魂从更糟糕境况中获得一刻喘息。

这叫我知足，或者不知足，可是总以某种方式有点用处，

全部的人生就是如此。

# 第二阶段 1929-1934

@ Fundação Júlio Pomar / SPA

# 在夜晚我才是我

在夏天漫长的傍晚，我爱城市低区（里斯本商业区）的安静，尤其是那种，与沉浸在喧嚣声中白天里的强烈反差的寂静。武器库街，海关街，海关关门后，拖沓着向西延伸的忧伤的街道，从码头分开的整个这一线，所有这些都抚慰我的忧伤，如果在那样的傍晚，我置身于这整体的孤寂之中。我活在一个比我所生活的更早的时代；享受与塞萨里奥·维尔德（葡萄牙诗人）同时的感觉，我心中，并非有和他类似的另一些诗句，而是有和他的诗歌同样的精髓。我在那里，直到夜色降临，拖着一种像那些街道一样的人生感触。那些街道的白天，充满了什么意义也没有的喧嚣；夜晚，充满了什么意义也没有的喧嚣的缺失。在白天，我就是零，在夜晚我才是我。在我与海关那一带的街道之间，没有区别，除了它们是街道，而我是灵魂，在事物的本质面前，能是什么没有一点用。对人和事物来说，有一个相同的命运，因为是抽象的——在神秘的代数中，无差别的给定。

可是还有一些别的东西……在那些漫长而空旷的时刻，一种全身心的悲伤从灵魂升到头脑，一种对一切的愁苦，这感受同时是我的，又是外界的，我无能为力改变的。啊，多少次我自己的梦，从事物中浮现，并非是替代我的现实，而是对我坦白，它们不愿意与我为伍，出现在我的外部世界，就像在街道尽头掉头的有轨电车，或夜晚的布道者的声音，宣讲着我不知何谓，显得突兀，带着阿拉伯语腔调，从傍晚的单调中，迸发如喷泉！

一双双未来的夫妻走过，一对对缝纫女走过，小伙子们迈着快感的步伐走过，从一切职业退休下来的人们总是一边散步一边吸着烟，在一家或另一家店铺的门口站一会儿的流浪汉，那是店主。梦游症一样的，一团一伙的新兵，慢的，瘦的，壮的，大声吵闹的，比大声吵闹还吵闹的。正常人时不时有出现。这个时间点，那里的汽车不是很多；（……）我心中有一种苦楚的平和，我的安宁源于我的放弃。

走过了这一切，所有这一切对我什么也不意味，全都和我的感觉无关，无差别，甚至，对命运本身，是无意识的，（……）偶然投出的石块，未知声音的回响——人生的什锦沙拉。

# 另一个不是我的人

在海边沙滩的小海湾，在岸边的丛林和平地之间，无常燃烧的无意识的欲火从空荡深渊的动荡中升起。不必选择在麦田间，除了许多麦田间，还有更远的远处，柏树林间。

威严孤立的词语，或者根据声音的和谐凑集在一起的，有内心的共鸣而同时又词义相歧的，相汇一处，语句奢侈豪华，置于其他的语义之间的，残存的恶意，树林的希望，和不过是我托词的童年庄园之间池塘的宁静……这样，在荒唐勇敢高墙之间，在一行行的树木间，在对枯萎的惊讶中，另一个不是我的人，从忧伤的嘴唇听见以最好的固执否认的坦白。从未，在要进去看的院子里长矛的撞击声中，都没有骑士从墙的高处望见的大道上返回，末日阳光中一片寂静，都想不起另一个名字。在大道的这一边，除了夜晚迷人的，有摩尔草之名的龙葵，后来，从生命和奇妙中死了的女孩。

轻轻地，在草地上的沟垅间，因为脚步像游泳分开路径，在摇动的绿色间，听见最后的迷失者经过发出的拖拽的响声，仿佛是对后来者的怀念。那些必将到来的人是老人，而那些永远不来的才是青年。滚在路边的鼓，号角空吊在有气无力的手上，要是还有气力扔下什么东西，就会把号角扔掉。

可是，重新，在威望的后果中，有终结的高声惨叫，和看得见的小路中那些犹疑的狗。一切是荒谬的，像哀悼，别人梦中的公主们在散步，没有回廊，没有穷期。

## 梦幻是一种灵魂的音乐

比起那些梦境遥远而奇特的人，我更可怜那些梦境合理、有可能实现的人。那种做大梦的人，他们要么是疯子，相信梦是幸福的，要么是简单的梦幻者，梦幻于他们是一种灵魂的音乐，令他们陶醉，什么也给不了他们。可是，梦有可能实现的人，却可能失望。未能当成罗马皇帝并不能让我特别沉痛，可是从来都没能和总是九点左右从街角右边转过来的缝纫女搭讪，却能让我心痛。不可能实现的梦，已经将可能性剥夺，可是有可能实现的梦，回到生活中，会有解决方案。一种是生活在专门和独立中，另一种从属于事情发生的偶然性。

所以我爱那些不可能的风景，我从未去过的旷野平原。过往的历史时代都是纯粹的神奇，因为一开始，我就不能设想对我实现。我睡着梦见所不存在的；我睡醒，梦见能够有的。

我俯在办公室阳台的一扇窗前，中午，办公室空空荡荡，我心不在焉地，感觉着人们行走在街道上，我沉浸在思绪中，并没有看着他们。我在臂肘上睡觉，扶手让我感到痛，关于伟大的许诺，我什么都不知道。静止的街道有许多人走动，头脑的远离，突出一些细节来：车上堆放的箱子，另一家仓库门口的麻袋，更远处街角商店的橱窗，隐约可见的一瓶瓶波尔图酒（葡萄牙北方杜罗河谷产），我梦想的，可谁也买不起。我的精神从一半的问题隔离开来。我用想象做研究。街上经过的人总是和刚刚过去的人一样，总是某个人飘浮的样子，运动的斑痕，不确定的说话声，经过的，未来得及发生的事情。

用感官的意识察觉，而不是用这些感官……别的事物的可能性……突然，在我身后的办公室，发出学徒小伙猛然的形而上学的生命的声音。我觉得真想杀了他，他打断了我，让我没有想到。我瞧了他一眼，转回身来，带着充满仇恨的安静，我提前听见，在一种潜在谋杀紧张里，他要用来和我说什么的嗓音。他从房子的深处冲我一笑，高声地问下午好。我恨他像恨宇宙。我的眼睛因为设想而感觉沉重。

## 山的那一边有和平的梦

读报，从美学观点看，永远是沉痛的，往往从道德角度也是如此，即便是对一个不太关心道德的人。

战争与革命——总是有这个或那个在进行中——读着它的效果，达到的不是引起恐怖而是厌倦。并非是所有那些死去和受伤的人的残酷，所有在战斗中死去的人或是未曾战斗就死去的人们的牺牲，无情地压迫在灵魂上，而是为了某种注定是无用的东西牺牲生命财产的愚蠢。所有的理想，所有的雄心壮志，都不过是男人们的疯狂。没有帝国，它自身能生一个孩子的布娃娃。没有理想，值得为其牺牲一个玩具铁皮火车。帝国有什么用，什么理想有意义？全都是人类，而且一直是同一个人类——多样的但无可完善的，摇摆，却不进步的人类。面对事物哪怕哀求也不停止的进程，生命，我们有却不知如何，我们失去却不知何时，万颗棋子的一局棋，就是又要在一起又要斗争的生活，观看从来和永远实现不了的无用之物的厌倦（……）

——智者所能作的只是求得静憩，不必对生活思索，因为能活就足矣，一点有阳光、有空气的地方，而且至少，山的那一边有和平的梦。

## 比如像我，有梦却无幻想的人

每次，受梦的影响，我意图站到我生活的日常水平之上，瞬时感觉自己变高了，像个孩子在荡秋千。每次这样的时候，我都像那个孩子，必须下到市立公园，承认我的失败，既无带到战争去的旗帜，也没有力气拔出鞘的宝剑。

我猜想，大部分我在街上和他们偶然相遇交错的那些人，都带着——我看得出来，在他们嘴唇的无声的运动中，他们朦胧的犹疑不定的眼神中，或是一起祈祷时拔高的嗓音里——一种无精打采的沮丧，仿佛前去参加无谓的战争的没有旗帜的军队。而所有人——我转身去观看他们可怜的失败者的后背——都有，如我这个凄惨的见习会计一般，卑贱的巨大失败，在泥泞和芦苇丛间，没有岸上的月光，也没有沼泽地的诗，凄惨的见习会计。

所有人都有一颗和我一样冲动而忧伤的心。我太熟悉他们：一些是商店的伙计，另一些是办公室职员，还有的是小店主；有的是咖啡馆和小酒馆的跑堂，陶醉在自我光荣里，不懂得什么叫自大，在贪婪的自负中暗自欣喜，无需等待。可是所有人，可怜呐，都是诗人，在我的眼中，如同我在他们的眼中，都拖拽着我们共同的不协调的悲惨。所有人都如我一般，有个昔日的未来。

就是现在，我僵滞在办公室，人们都去吃午餐，除了我，透过乌蒙的窗，我注视着摇摇晃晃，慢慢穿过街道去另一边的老人。他不是醉着走，他走在梦里。他注意着不存在的；或许还在等待。诸神，如果在他们的不公平中是公正的，就保留我们的梦，哪怕这些梦是不可能的，给我们美好的梦，哪怕是下流的。今天，我还不老，我可以梦见南方的海岛，不可能去的印度；明天，或许同一些神给我一个当小酒馆老板的梦，或者在郊区的一所房子里退休的梦。任何梦都是同一个梦，因为都是梦。诸神改变我的梦境，但不要改变我梦的天赋。

在思索这些的间隙，老人走出了我的视线。我已经看不见他。我打开窗去找。还是看不见。他走了。这个对我有象征意义的人，转过街角，消失了。如果有人对我说，他拐过了转角，且从未由此经过，我将以同样的现在关窗的手势接受。

成功？……

可怜的半神人的学徒，用话语和崇高的意图赢得帝国，却没钱租房子吃饭！好像临阵而逃的军队，他们的将军，有光荣的梦，而他们，迷失在泥泞和苇丛里，只知道有那么个伟大的概念，有曾经是支军队的意识，朦朦胧胧，都不知道，从未见过的将军，究竟要干什么。

就这样，每个人梦想着，一小会儿，从队尾逃跑掉的军队的将军。就这样，每个人，在河岸的泥淖里，欢呼谁也不能得到的胜利，就像忘记抖一抖的台布打结处残存的面包渣。

充填日常行动的间隙，如同灰尘填满没有小心擦拭的家具的缝隙。在日常慵懒的光线下，看见它们像灰色的小虫在发红的桃花心木上闪光。用一根小钉子可以清除，可是没有人有耐心去清除这些灰尘。

我可怜地做着伟大的梦的同伴们，我多么地妒忌他们，又羞愧又轻蔑！另一些人与我在一起——那些更可怜的，除了给自己再没有别人给他们讲自己的梦，如果他们把梦写下来，就将是诗句——那些除了自己的灵魂没有别的文学的，没有读过别的文学的可怜鬼（……），他们窒息而死，因为没有参加过那个陌生的使他们超越的，有资格生活的考试。

一些人是英雄，昨天在街角打倒了五个家伙。另一些是勾引女人的人，甚至不存在的女人都不敢抗拒他们。他们说这些时人们就真信了，也许因为有人信他们才说这些。别的人（……）对所有人，他们都是这个世界的胜利者，因为谁都是人。

所有人都像盆子里的泥鳅，相互盘绕，一些从另一些上面钻来钻去，都出不了那只盆。有时候，报纸说起他们，有时候报纸说起一些人来说许多次，可是从来谈不上名气。

那些人是幸福的，因为给了他们愚蠢的欺骗之梦。可是对那些，比如像我，有梦却无幻想的人……

## 人生就是，自己的外部条件的奴隶

生命通过智慧的表象本能地持续，对我来说，是最私密的和最持久的冥想之一。意识的非现实的伪装，对我只是用来突出不伪装的无意识。

从出生到死亡，人同动物一样，是自己外部事物的奴隶。整个生命不是生活，而如同是草木，只是更高的级别，更复杂一些罢了。受一些规则的指引，但他不知道规则的存在，也不知道受其引导，他的想法、感情、行为，都是无意识的——并非真的无意识，而是因为没有意识到。

隐隐约约有幻觉——无非如此，人中之伟大者。

我浮想联翩，追随着，平庸人的平庸历史。我看见人如何全都成为克制下意识的奴隶，异化外部境况的奴隶，共同相处和不共同相处的冲动，在之，为之，与之相碰撞，如微不足道的东西。

多少次，我听见他们说同样的一句话，说到他们的生活，象征一切荒谬，一切虚无，一切的无知。就是用来说任何物质快感的那句话："这就是人从此生带走的。"……从哪儿带来？带到哪儿去？为什么带？用一句类似这样的问话，把他们从阴影里唤醒是令人悲哀的事情。一个唯物主义者这样说，因为所有这样说的人，都是，哪怕是下意识的，唯物主义者。他想从生活带走什么，以什么方式？把猪排骨、红酒、偶遇的女人带到哪儿去？带到那个他不信的天堂？到哪个地方，不是只带去他整个一生潜在的腐朽？我不知道更有悲剧意味的，更能充分地揭示人类的句子了。植物若晓得他们享受阳光就会这样说。低等动物对人表述他们的时候，说到他们梦游的快感，就会这么说。况且，谁知道，这么说的我，如果，当写下这些话的时候，朦胧地觉得它们可能持续下去，会不会也觉得写下这些记忆，就是我“从此生带走的”呢？我，一个共同的大地下庸碌之人的无用的尸体，我写来让人思考的文章，共同的忘却之下的同样无用的尸体。猪排骨，红酒，别人的姑娘？我为什么要挖苦他们？

共同的无知中的兄弟，同一种血液的不同方式，同一种遗产的不同形状——我们之中谁又能否定另一个？背叛女人，可不背叛母亲，父亲，兄弟。

## 我走，我前行，我流浪

有种睡眠，带固执的注意力我不知如何解释，却常常攻击我——如果这么轻微的东西，可以被称为攻击某人的话。我走在一条街道，像一个人坐着，我的注意力，完全地觉醒。还有整个身躯处在休息的怠惰，都不能有意识地躲开迎面过来的路人。我碰巧偶然间站住，对某个偶然的提问，不能用语言作答，或者，在我身体里面，就连思想都没有。我都不能有种欲望，有种希望，代表运动的某种东西，已经不是我整个人的意愿，而甚至是，假使能这么说，我所能分解成的每个元素的部分的特殊的意愿。我不能想，不能感觉，不能要。我走，我前行，我流浪。在我的运动中（我看到别人所看不到的）我所处的静止状态，一点都让人看不出来。而这个缺乏灵魂的状态，会是非常舒适的，因为肯定，躺着，仰着，都是特别不舒服的，甚至是痛楚的，对一个走在街上的人来说。

是一种惰性的醉态的感觉，没有快乐的醉酒，既无快乐，也无缘由。是一种无梦来调养的病。是一种快活的死……

# 我想要你只为梦

有时候，我从正在写的账本上抬起晕眩的头，账目是别人的，这里面没有我的生活。我感到一阵生理的恶心，可能是因为我弯腰低头，伏在数字上感到失望的时间过长。生活乏味像无用的药丸。这时候，我感觉到清晰的视像，离开这种无聊是何等的简单，如果我真的有想离开它的简单的力量。

我们以行动生活，就是说，以意志生活。对我们这些不会想要的人来说——不管是天才还是乞丐——在无能上是兄弟。人们提起我来说是天才，有什么用，结果还不是会计助理？当塞萨里奥·威尔德对医生说，他不是商业职员威尔德先生，而是诗人塞萨里奥·威尔德时，他那种咬文嚼字的、骄傲的语气，带着冒出的虚荣的汗味儿。可怜的他，从来就是商业职员威尔德先生。诗人在他死后才诞生，因为在他死后，才诞生对诗人的推崇。

行动，这才是真正的智慧。我将心想事成，随心所欲，想干什么就干什么。成功在于得到成功，而不在于有成功的条件。建造宫殿的条件要有一块宽阔的土地，可是，如果不在那里建造，宫殿在哪儿？

我的被盲人们雕琢的骄傲和被乞丐们践踏的失望。

“我想要你只为梦。”什么也不敢对所爱的女人说的人们，在没有给她送去的诗里，对他爱的女人说。这句“我想要你只为梦”是我的一首旧诗里的诗句。我用微笑记录下回忆，对微笑都不作评论。

# 一如既往地孤独

对生活我索取那么少，连那么少，生活都拒绝给我。一部分阳光的一束光线，一块田野，一点安静，有一小块面包，认识到我存在并不特别重要，我对别人无所求，他们对我也不求什么。就是这，也拒绝了我，如同一个人拒绝施舍，不是因为缺乏善的灵魂，而是为了不解衣而施。

我，伤心地，在我的房间静静地写，一如既往地孤独，一如将是地孤独。我在想是否在我的声音里，表面上是那么微小，不体现着成千上万的声音的实质，成千上万生命的饥饿，成千上万灵魂的忍耐，像我的灵魂一样对每日的命运逆来顺受的灵魂，对徒然的梦，对没有痕迹的希望。在这样的时刻，我的心跳得更激烈，由于我对它的意识。我更有活力，因为我活得更大气。感觉我体内有一种宗教力量，某种类型的祈祷，类似于呐喊。可是从智慧中降下反对我的反应……我看见自己在金匠街高高的五层楼上，我感觉困倦；看这，从半写满的纸张之上，不美的左手，伸向忘在旧吸墨器上的廉价香烟。在这儿，这个五层楼上，我质问生活！说出灵魂们的感受！像天才和名人们一样写出文章！在这儿，我，就这样！……

## 一切睡着的人都再次成了孩子

要说我，别的美德没有，至少有永久新颖的自由感觉。

今天，我从新阿尔玛达路（里斯本一条斜坡路）走下来，突然看见走在我前面男子的背影。那是随便某个人的普通的背影，偶然的路人的背部朴素的西装上衣。一只旧皮包夹在左臂下，随着步履的节奏，一把卷起的雨伞，在右手拿着伞的弯把，点着地。

我突然感觉对这个人有一种类似柔情的东西。我在他身上感到一种对人类普遍的俗常，每天去上班的一家之主每日的平庸，清寒的小家庭和他的快乐，时势所迫组成他生活的快乐和悲伤的快感，为无分析地生活的天真，为那些穿了衣服的动物的天然的背影，让人不禁感受到一阵柔情。

我的眼睛回到那个后背，一扇由那里看见这些思想的窗口。

这感觉和那种在一个熟睡的人面前我们突如其来的感觉一模一样。一切睡着的人都再次成了孩子。也许是在睡眠中不能为害，如果不记平生，最大的罪犯，最狭隘自私的人，由于自然的魔法，当睡着时也是神圣的。在杀死一个睡着的人和杀死一个孩子之间我不知感觉上的区别。

此刻，这个男人的后背沉睡着。整个的他，在我前面行走的，迈着同我一样的步伐，在睡觉。无意识地前行。无意识地活着。他睡着，因为我们全都睡着。全部人生是一场睡眠。谁也不知道做什么，谁也不知道想要什么，谁也不知道知道什么。我们睡梦生活，命运的永恒的孩子。所以我感觉，如果以这种感觉来思想，整个人类就是一个婴儿，我为沉睡的社会，为所有人所有事，有一种无形而巨大的柔情。

这是一种直接的人道主义，既无结论也无目的，此刻这突然袭来的感受。我感到一种柔情，就像一个神在看。我看着所有的人，以唯我独觉的同情，可怜怜悯众生，怜悯人类。所有这一切，究竟在做什么？

所有的运动，所有的生命意愿，从简单生命的呼吸，到建造城市，帝国开疆划界，我将其看成是一种睡意，一种类似梦或休憩的东西，非自愿地发生于一个现实与另一个现实之间，在绝对的一天与另一天之间的间隙。像一个抽象的母亲，我在夜间俯身对着孩子们，坏的和好的，睡着了一样都是我的。我融化在漫无边际广袤的柔情之中。

我把眼睛从走在前面的人的背部移开，环顾其他所有走在这条街上的人们，将所有人都包容在这种荒诞而默认的柔情里，这种情绪，生于我追随其后的人那天意识的背后。所有这些都和他是同一个；所有这些冲着画室说话的姑娘，这些冲着办公室笑的年轻职员，这些提着沉重的购物袋返回的高挺着乳房的女仆，这些送货的学徒小伙子——这一切都是，由面孔和身体区别成多样的，同一种无意识，像被看不见的人的手同一些手指拉线牵动的木偶。他们走过，以所有定义为意识的态度，而没有任何意识，因为没有有意识的意识。一些人是聪明的，另一些是愚蠢的，所有人都是同样愚昧的。一些人是年老的，另一些是年轻的，他们都是同一个年龄。一些人是男人，另一些是女人，他们都是同一种不存在的不分男女的性别。

# 流沙覆盖了一切

浪漫主义者形容他们自己是有个性的威严人物。许多次，在梦中，我试图活得像那种人，而每次我试图去成为那样的人物时，我就大笑自己。命中注定的人，原来，存在于所有平庸人的梦中，而浪漫主义，不是别的，就是把我们自己日常的领域翻转过来。几乎所有的人都做梦，在他心里的秘密中，一个自己的伟大帝国，所有人的臣服，所有女人的倾慕，人民的敬仰，在最高贵的人之间，在所有的时代……很少人像我那样习惯于梦，因而他们足够清醒，来嘲笑这样做梦的美学可能性。

对浪漫主义最大的指控尚未做出，即对它代表人性内在真相的控诉。它的夸张，它的滑稽可笑，它的各种煽情和诱惑的能力，都在于它是灵魂的外在表现，假使人不取决于命运，而取决于其他东西的话，灵魂深处就会有更多的、具体的、看得见的、有可能的东西。

多少次，就是我，笑那些走神的诱惑，我设想自己要是名人真不错，被亲切对待该是很舒服，功成名就，应是色彩斑斓！可是，我在那种巅峰的角色中，看不到别的，只是总在我附近的，低区的一条街上的，另一个我的哈哈大笑。我看见自己成了名人？可是我看见自己成了有名的助理会计。我感觉自己登上名人的宝座？可是那情形出现在金匠街的办公室，那里的小伙子们成了我的障碍。我听见各式各样的民众向我鼓掌？掌声传到我居住的五层楼，撞到我的廉租房粗糙的家具上，撞到包围着我的一切，从厨房（……）到梦，令我感到羞辱。我甚至连西班牙的破败城堡都没有，像所有的幻想里的伟大的西班牙人那样。我的城堡是扑克牌的，一副又旧又脏，残缺不全的牌，我永远都不能再玩儿的牌，就连那老女仆忍不住要把桌布整理一下，向她那一半拉伸，好把整张桌子铺好，扑克城堡都没倒塌。我得把它毁掉，因为晚茶的钟点敲响了，像命运的诅咒。可是甚至连这也是一种突然的幻象，因为我没有乡间的房子，没有我的老姑妈，没有在她们的桌子前，在一家人相聚的晚间，没有那一杯让我有休息的味道的茶。我的梦甚至失败在隐喻和形象思维上。我的帝国都到不了一副旧扑克牌。我的胜利破灭，没有一只茶壶，甚至都没有一只老而又老的猫。一个茶壶和一个夜的永恒的猫都没来。我将怎么样生活怎么样死去，在街坊的旧货店之间，在失物招领帖间，快速地论斤卖掉。

至少让我带上，我绝望的光荣，带到一切之深渊可能的广袤中，仿佛一个伟大的梦的光荣，不相信的辉煌，仿佛一个失败的大旗——尽管在怯懦的手中，拖拽在泥泞和弱者的血泊中……却是高高扬起的旗帜，当我们陷入流沙，谁也不知道是作为抗议，还是挑战，还是绝望的表情……谁都不知道，谁都什么都不知道，为什么沙子将那些有旗帜的和没旗帜的一并吞噬……

流沙覆盖了一切，我的生活，我的散文，我的永恒。

我带着失败的意识，如带着一面凯旋的大旗。

## 一切都是破碎的

那里，一切都是破碎的，未名的，无主的。在那里我看见宏大的柔情的运动，看上去，好像是披露出了可怜的悲伤灵魂的深处；那些柔情持续的时间很短，比把它们说出来的时间都短，而且有原因——有几次，我是以静观的智慧，发现这种类似的慈悲心的论调变得太快，而失去了慈悲心，还有几次，我发现议论瘫痪在晚餐的葡萄酒效果里。总是，在人道主义者和葡萄酒糟老烧酒之间有一种系统的关系，余杯残酒，或渴得口干舌燥，慷慨激昂，醉话中夹杂着豪迈的手势，使他们极度痛苦。

那些人物全都把灵魂出卖给了一个地狱乌合之众的魔鬼，贪图肮脏下流，游手好闲。活在虚荣和仇恨的毒液里，有蛇蝎一样的毒舌，语言是他们的褥垫，在上面瘫软地醉死过去。

所有这些人最卓越的就是在任何意义上，彻底地，显得一点都不重要。一些人是主要的、成功的、已然不存在的报刊编辑；另一些人有在年鉴中可见的公共职位上，并成功地生活得乏善可陈；还有人甚至是神圣的诗人，可是一样的灰尘使他们呆蠢的脸变得苍白铁青，一切是抹了防腐油的僵尸的坟墓，手叉着腰，做出活人的姿势。

我的思想，在那些聪明的头脑中短暂地流放，从许多单调和悲伤的时间中，我保留下某些从虚无中剪下的侧影，偶尔对侍者的某些手势，总之，一种身体的恶心和对某些黄段子的记忆。

他们之间有时空的交叉，一些年龄大的人，会用过时的语言，说着别人的，和这些人的坏话。

处于公共光荣层的人，他们并没有想要那种可怜的光荣，却被这些低劣的人中伤，我从未感觉到对他们如此同情。我知道成功的原因了，是因为这些被伟大所遗弃的人们，是以他们，而不是人类，作比较，才成功。

可怜虫总是饥饿——或是对午饭饥饿，或是对成名饥饿，或是对生活的饭后甜点饥饿。一个人听他们说话，如果不认识他们，还是听拿破仑的太傅或莎士比亚的老师在说话。

有在爱情上获胜的人，有在政治上获胜的人，有在艺术上获胜的人。第一种，是讲故事的天才，因为可以在爱情上大幅度获胜，不需对发生的事情有卓越的知识。肯定的是，当听见某个这种人讲述他的性爱马拉松，在说到第七次强奸的时候，会让人有一种模糊的怀疑。那些人是有贵族头衔或非常有名的（不必说，她们都是）夫人的情人，做个伯爵夫人的手势，统计一下他们征服的人数，就是把现有的贵族夫人的祖奶奶都算上，也凑不足这个数目。

另一些人有肢体冲突方面的特长，玩儿的最爽的一夜，在池雅多（里斯本著名老文化商业区）的街角，斗杀了欧洲拳王。有些是在所有的政府部门里对所有的部长都有影响，而这些是让人最少怀疑的，因为不令人讨厌。

有的是大虐待狂，有的是大恋童癖，还有人的坦白，用一种高声的伤感，对女人十分残忍。在生活的道路上，拖拽着，鞭挞她们。末了，赊咖啡账。

有诗人，有（……）

对这种阴暗的污泥浊流，我不知有什么救治方法能好过人类日常生活的直接知识，那种商业现实中的知识，例如，在金街的办公室里所发生的。从那个木偶的疯人院回到真实的莫雷拉面前，我是多么轻松，莫雷拉，我的头儿，真正懂行的会计，穿得不好，受着虐待，可是，有其他人里任何一个都做不到的：配称作一个男人……

## 在咖啡馆里就已经忘了过去

他们只要有可能，就坐在镜子的对面。一边跟我们谈着话，一边看着镜子里自恋。有时候，他们就像恋爱中的人们，在谈话中会走神。我对他们总是和善的，因为我对自己的样貌有成年人的厌恶，总是叫我选择背对着镜子的座位。这样，他们以直觉，认识到这一点，总是对我很好，我是个倾听的小伙子，总是任他们炫耀虚荣，给他们布道的讲坛。

总体来说他们都不是坏小子；个别的，有的更好些，有的更坏些。他们对任何一个正常的人难以猜想到的平庸、低贱，大体上说，有不可怀疑的慷慨，和温柔。贫困，嫉妒，失望——我这样概括他们，这其中概括了一部分那种环境，渗透入有价值的人的作品中，将那些把这个咖啡馆描写成受骗者聚会的地方（在菲亚留的作品里，公然的妒忌，下贱的粗野，令人作呕的没风度）。

一些人有趣，另一些人只是有趣。还有人不存在。咖啡馆的有趣，在于分成两种话题，对不在场的人讽刺和对在场的人的傲慢。对此类精神，通常仅仅被称为粗鲁。没有比除了拿人开心不会别的玩笑更是头脑贫乏的指标了。

我经过，看见，和他们相反，我胜利了。我的胜利在于观察。我识别出来所有那群低级家伙的共性：我回到家，我在这所房子里租一个房间，这里有群低级东西的所有共性，我在这儿遇见咖啡馆里给我揭示出的同样肮脏的灵魂。除了，感谢所有的神，在巴黎的成功。这所房子的女主人在她幻觉的某个时刻，挑战新大街，可是她因为一个外国人而得救，让我的心都融化了。

我从经过那座意志的坟墓，让人作呕的无聊和某些有趣笑话的记忆。

人们去给这些记忆下葬，而似乎在去墓地的路上，在咖啡馆里就已经忘了过去，因为现在不作声了。

……后世永远不知道他们，他们被掩埋在后世、他们尚待赢得的凯旋的、一堆腐烂的旗帜下。

## 全部的人生就是如此

知道作品将反响不好的，就永远不会去写。然而，从来不创作它则是更坏的。那部写了的作品，至少是完成了。是可怜的，但是它存在。就像我那个残疾女邻居唯一的花盆里孱弱的植物。那株植物是她的快乐，有时候，也是我的。我所写的，并承认是写得不好的，也能给这个或那个受伤的或悲愁的灵魂从更糟糕的境况中获得一刻喘息。这叫我知足，或者不知足，可是总以某种方式有点用处，全部的人生就是如此。

一种厌倦，包括了提前的预期，只是更多的厌倦；遗憾，明天就已经有对今天的遗憾的遗憾——巨大的纠结，既无用也无真相，巨大的纠结……

……在那儿，蜷缩在中途小站候车的长椅上，我的鄙夷在我熄灭的斗篷里瞌睡……

……梦中形象的世界，同样，构成我的知识和人生……

我对什么都不悔恨，我对当下的时光没有任何疑虑、悲愁。我有对广阔时间的饥渴，我想无条件地做我自己。

## 我的习惯是孤独的

孤独把我雕琢成它相似的样子。他人的在场——哪怕只是一个人——会立即让我的思想迟钝。正常人与别人接触，于他人是一种刺激，让人表情生动，妙语连珠；对我却是反刺激，假使这个复合词汇在语言里是可行的。独自一人，我能够构思出许多有情趣的话，敏捷地回答谁也没说的话，和不存在的人发生智慧交集的闪光；可是，如果我面对别人，一切都变成三言两语，就失去了智慧，不再能说会道，不到半个时辰，我只感觉到困意。是的，和人说话让我犯困。只有我幽灵般想象中的朋友，只有我在梦里发生的对话，具有真正的现实性和合理的重要性，在里面，精神在场，就像镜子里的形象。

而且，所有被迫和他人接触的想法都令我犯怵。一个简单的和朋友一起晚餐的邀请，使我产生一种难以定义的愁苦。任何一种社会义务——参加一个葬礼，去和某人处理一件办公室的事务，到火车站去接人，认识的和不认识的——单单是其中一项就令我整天局促不安。有的时候，从前一天晚上我就担忧，睡不好觉，而实际上真发生时，是绝对的微不足道。一点这样的理由也没有。事情如此循环往复，而我学不会，永远学不会。

“我的习惯是孤独的，不是人们的习惯。”我不知这句话是卢梭，还是塞纳库尔（法国小说家）说的，这种精神是我这类人的，或许，我不能说这是我的种族的。

## 我遇到的每个人

好几天了，我遇到的每个人，且更有甚者，我被迫和他们日常一起生活的人们，他们的脸孔都是象征符号的样子，或孤立或相互连接地，形成一种预言或隐秘的文字，在阴影里描述着我的生命。办公室，变成写着人们话语的纸页；街道是一本书；和常见的人的相遇，和所遇到的不习惯的人，都是我没有字典可是却并非全不理解的话语。他们说话，表述，然而他们不说自己，也不是表述他们自己；是话语，他说，深藏不露，让其显露。可是，在我的昏花的视觉里，好像蒙上一层玻璃，只是模糊地分辨出表面所揭示的东西，我努力理解里面掩盖或揭示着什么，却缺乏知识，如对一个盲人说颜色。

……

有时候，我走过街道，听见私密的话语片段，且几乎全是关于另一个女人的，另一个男人的，第三者的男友，或那家伙的情人(……)

从这些私语来看，可归结出这是大部分有意识的生命所关心的全部，只给我带来一种作呕的厌倦，仿佛被放逐到遍地蜘蛛的地方的痛苦。和一种在真实的人群中皱皱巴巴的突然的意识；面对业主和地点，注定与邻人的同等，在这聚居之处和别的租户一样，透过商店仓库后边的铁栅栏恶心地看着，雨中堆积在院子里的别人家的垃圾，这就是我的生活。

# 雨

终于——我在记忆中看见——在闪光的屋顶的黑暗中，放出微温的晨曦的冷光，像启示录的惩罚。又一次，光明在寂寥的夜色中增长。又一次，永远的恐惧——白天，生活，虚构的用处，无可救药的活动。又一次我成了血肉的人、可见的人、社会的人，可以用无谓的话语表达的人，习惯他人的表情和意识的人。我又一次是那个我所不是的人。黑暗的起始的光明给门窗的缝隙填满灰色的疑问——这不是密不透风的，我的神！——我感觉不能保住我的避难所，躺着，不入睡但是可以躺着，想着梦，什么真理，什么现实，全不知道干净的被子温暖又清爽，不知道身体的存在，除了舒适，对我的身体的存在的无知觉之间。我感觉，我以无意识享受意识到的幸福，我感觉这种意识正在消失。像打盹的动物，晒太阳的猫一样的眯缝着眼睛，我窥视自己脱缰的想象力的逻辑运动。我感觉，影影绰绰的昏暗的特权，睫毛间隐约可见的树木下的缓慢的河水，迷失在无声的血液的声音和迷茫的断断续续的雨声之间的瀑布的低语，都渐渐消散渐渐睡着，直到再次醒来。

我不知是睡着了，还是仅仅是感觉睡着了。某个间隙我没做梦，而是察觉，就像开始从一个没睡着的睡眠里，被唤醒，城市生活的最早的嘈杂，像闲言碎语，从空井下边升起来，那里是上帝创造的街道。是快乐的声音，透过那雨的悲伤，雨在下，或者，也许，已经停了——因为现在我听不见——只是窗缝透过来的一道光，有过度的灰色调，让我感觉它给阴影的微弱亮光，对那个时辰的清早，显得有点不足，我不知道几点了……是快乐而散在的声音，我的意识为之痛苦，好像来叫我去参加考试，或去被处决。每天，从我忘掉一切的床上，如果我听见天亮，都似乎是我没有勇气面对伟大事件的一天。每天，如果我感觉白天从阴影里起床，被子掉落街道和小巷里，好像是来传唤我去上法庭。在每一个今天，我都要被审判。我身中被判处无期徒刑的人死死抓住床，是想抓住失去的母亲，抚摸着枕头，像阿姨保护他不被别的孩子欺负。

在树荫下幸福地睡午觉的大懒虫，在深草中乘凉的衣衫褴褛的疲惫的人，温吞而悠长的午后发呆的黑人，睡意惺忪的眼睛，打个美美的哈欠，一切让人忘却烦心事的爱抚，沉沉的睡意，踮起脚尖，给灵魂关上窗户，头脑里体歇的安静，睡眠的未名的怀抱。

睡觉，是遥远却不察觉，是距离，是忘记自己的身体；有无意识的自由，是庇护所，远处辽阔的森林里，茂密的树木间，一座被忘记的、停滞的湖。

一个有外部呼吸的虚无，一个轻浅的死亡，醒来带着思恋和清爽，是把灵魂交给了遗忘的按摩师。

啊，又来了，像一个不服的人接着抗议，我听见明亮起来的宇宙中溅起雨的急切叫喊。我感到一阵寒冷，直透进骨头。就像恐惧。我蜷缩，我无用，我人之常情，孤影茕独，在依旧残余的些许黑暗里，我哭。对，我哭，我哭泣孤独，哭是生活，我微不足道的愁苦，像一辆没有轮子的车，躺在粪土和遗弃之间的现实里。我哭泣一切，失去的怀抱，牵着我的手的死神，不知如何搂抱我的臂膀，从来不能有的肩膀……天最终亮了起来，我心中亮起来的愁苦，像白天残酷的真理，我所梦见的，我所思想的，我身中所忘记的——所有这些，都熔铸在阴影的、虚构的、悔恨的合金里，混合在世事炎凉的痕迹，掉落在生活的琐碎间。像孩子们偷来，在角落里吃剩的，一串葡萄的枯骨。

人类白天的噪音，像叫门的铃铛声。从房子内部，第一道门打开轻巧的门闩锁，人们去生活。我听见楼道里拖鞋荒诞地一直走进我的心。一个粗暴的动作，像一个终于自杀的人，我把包裹自己的厚厚的床掀开。我醒了。雨声消淡在无穷的外部的更高处。我感觉更幸福。我完成了一件忽略的事。我站起身，走到窗前，打开窗扇，以一种非常有勇气的决断。明亮的雨天晃着暗光，淹没我的眼睛。我打开玻璃窗。新鲜的空气弄湿我温热的皮肤。下雨，是的，可是即便是下着，雨终于还是小多了！我要清爽一下，我的生活，我向生活低下头，把脖子伸向窗外，就像伸向上帝抽象的辕轭。

## 一个似我一样活着的人

我不把这种持续的惰性理解为别的，而是缺乏整洁，我躺平地生活，就像沾染在平面上的灰尘或污迹。

就像我们洗身体，我们也应该洗命运，改变生活，如同换衣服——并非为拯救生命，如我们吃饭和睡觉，而是为了那种他人对我们的尊敬，对此我们恰当地称之为整洁。

有许多人，他们的肮脏不是一种意志的倾向，而是智慧上觉得无可奈何。有许多人，他们的生活无精打采，一成不变，并非是想要这种生活方式，或是对设想要的东西自然地妥协，而是一种自己的智慧的泯灭，一种对知识的自动的蔑视。

有的猪厌恶它们的窝，可就是不离开它，由于那种同样的极端的感情，被吓傻的人因此不离开危险。有命运之猪，就像我，离不开日常的庸俗，为那种自己的无能为力所吸引。是被蛇的意念诱惑的鸟；是围绕树枝盘旋的苍蝇，什么也看不见，直到变色龙黏黏的舌头能触碰到它。

就这样，我慢慢地散步，我有意识的无意识，在我庸常的树干上。就这样，我的命运在走，然而我并没有走；我的时间在前行，然而我不前行。除了这些对单调的简短的评论，没什么可将我解救出单调。我满意自己的牢房铁栏的里边有玻璃窗，我在玻璃上写，玻璃上蒙满了灰尘，用大字写上我的名字，同死亡契约的每日签字。

同死亡？不，都不是同死亡。一个似我一样活着的人，他不死。完结，蔫萎，零落成泥。他所处的地方，没有他在那里，所走过的街道，那里再看不见他，他住的房子，由非——他居住。就是一切，我们把它叫做虚无，可是连这个否定的悲剧我们都不能成功地演出，因为我们都不能肯定知道是否是一场空，真理和生活的植物，玻璃窗里面和外面的灰尘，命运的子孙，上帝的继子与永恒的夜结婚，当她成了混沌的寡妇，我们真正是混沌的传人。

# 我依然在我所处之处

我的人生的主要悲剧，如同所有的悲剧，是命运的嘲弄。我厌恶现实生活，如同一种徒刑；我厌恶梦，如同一种卑鄙的解脱。可是我的现实生活过得邋遢肮脏，琐碎家常，而我紧张持续地活在梦中。我就像一个午睡时喝醉了的奴隶，一身之中，两种苦难。

是的，我看得很清晰，以一种理性的闪电的明亮，在生活的黑暗中将近处的事物凸现出来，这些丑陋的、堕落的、丢弃的、造作的事物，就构成了我们的生活。在这条金街上——这个办公室肮脏到人的骨髓，这个每月租来的房间，里面什么也不发生，除了住着一个活死人。这家街角的杂货店，我认识店主，如同一人相识另一个人，这家老酒铺门口的年轻人们，这些每天都一样费力而无用的事情，这日复一日纠缠在一处的同样的人物，仿佛一出只有布景的剧，而布景是放反了的……

但是，我也看到，对这些逃避，就是要么掌控它，要么弃绝它，而我既不掌控，因为我不超越它到现实之内，也不弃绝，因为，不管做什么梦，我依然在我所处之处。

而梦，对我是逃避的羞耻，是把灵魂的垃圾当成生活的怯懦，别的人做梦，只睡着的时候，打着鼾的死亡，好似平静的进化的植物！

不关在门里，就不能有一个高贵的手势表情，也没有一种，不是真正没用的，无用的欲望！

恺撒，当他说出这句话：“宁做村里第一，不当罗马第二！”定义了全部野心。我不论在村里，还是在罗马，都什么也不是。至少，那个街角的杂货铺的老板，从阿松桑街到维多利亚街，都受人尊敬；

他是一个街区的恺撒。我在什么方面比他高尚？假使什么地方的行为也不高于他，也不低于他，是不是连可比性都没有？

他是那个街区里的恺撒，女人们恰如其分地都喜欢他。

就这样，我拖沓着，做着我不愿做的，梦着我不能得到的，我的生活（……），荒诞地，仿佛一座停摆的公共的钟。

那种轻如薄雾但坚定的敏感，悠长却有知觉的梦（……）共同形成了我半明半暗中的特权。

# 片段

早晨，半冷，半温，展翅飞翔在城市尽头河岸边稀少的房子上。一阵轻轻薄雾，充满清醒，破成碎片，没有轮廓，在河岸的昏睡里。（天不冷，除了必须重新开始的生活）而所有那些——整个这轻盈的早晨的缓缓清新，都类似一种他从未能有过的快乐。

汽车缓慢地开着，驶向大道。随着接近最大的建筑群，一种失去什么的感觉，模糊地占据了他的思想。人类的现实开始出现。

在这样的清晨时刻，阴影已经消散，可是它轻轻的重量依然没有消失，对听任时光的激励，向往抵达，阳光下古老港口的精神来说，还在那里。他一定会快乐，并非是让那一刻固定，就像景色中的庄严时刻，或照在河上的静静月光，而是换一种生活，好让这个时刻有另一种味道，识别出独有的色泽。

朦胧的雾更加稀薄，阳光侵占了更多的事物，生活的声音在周围加剧。

在这样的一个时刻，要是永远不抵达我们的生命所注定的人类现实就对了。悬浮着，在雾和清晨之间，失重地，并非在精神，而是精神化的身体，快乐地，在现实的生活里生了翅膀，比起别的事，更想去寻找一种庇护所，即便是没有理由去寻找。

对一切敏锐的感觉让我们变得冷漠，除非对那些不能获得的东西——即使到达一个灵魂的感受，对感受来说，还是胚胎与深刻感觉相符合的人类活动，在其他类型的成就之间，失去的爱情和情绪。

树木，在大道上排成行，独立于这一切。

时光在城市结束了，就像河另一边的岸，当船触碰到码头。他（船），当还没有触到河岸，带着另一边的风景，贴在舷墙上；而她（风景）当船舷发出撞击石头的声音便飞走了。把裤腿卷到膝盖的男人，向船缆投一根细绳，动作干净利落。一切在形而上学中结束。简直不可能，在我们的灵魂里，仍然有一种可疑的痛苦中的快乐。码头上的孩子们看着我们像看任何一个普通的人，没有那种登船时无用的、不恰当的激动情绪。

## 与我对视的眼睛是忧郁的

是一幅让人无可奈何的石版油画。我出神地看着它。在橱窗中，有这幅画还有其他画，在廊道橱窗的中间，那一点的位置挡住了我看见楼梯的视线。

她将春色紧抱在胸前，与我对视的眼睛是忧郁的。微笑带着纸的亮光，脸上的颜色是红色。身后的清晰的农场上天空是蓝的。她的嘴很小，轮廓清晰，眼睛盯着我看，总带着深沉的忧伤。她抱着鲜花的手臂，让我想起某个人。连衣裙或衬衫的领口边开缝。那双眼睛的确是非常地忧伤：从石版画的现实的深处盯着我，带着某种真理。她和春天一起来。她的忧郁的眼睛是大大的，可并非是因为这。我离开迎面的橱窗，粗暴地挪动脚步。穿过街道，无力抗拒地转回身去看。她依然抱着人们给她的春天，她的眼睛是忧郁的，像我在生活中所没有的。从远处看，石版油画原来有更丰富的色彩。那形象有一条深紫色的绸带缠在头发的顶部；我刚才没注意到。在她人类的眼睛里，尽管是石版画的，有一种可怕的东西：不可避免的警告，暗中的叫喊，有意识在，有灵魂在。我猛地从沉浸的梦境中挣脱出来，像一条狗，抖落掉迷雾黑暗的露水。在我的迷茫之上，在向什么别的东西道别中，整个人生忧伤的、我们从远处观赏的、这个形而上学的石版油画的那双眼睛，盯着我看，仿佛我懂得上帝的事儿。这幅版画的下半部有日历。用两条扁平的，乱涂了漆的尺子，做成画框。在上下边框间，在陈旧的“1929”字样，一张小插图掩盖住的不可避免的“1 月 1 日”之上，忧伤的眼睛对着我讽刺地笑。

奇怪的是，从那里，我终于认出了这幅画。在办公室里就有嘛，深处的角落里，一张一模一样的挂历，我看见过许多次。可是，由于一个奇迹，或石版油画的，或我的，办公室里和这幅一样的那张没有忧郁的眼神。那只是一张普普通通的石版油画。（一张亮光纸，睡在左撇子阿尔维斯的头顶上，渐渐褪色。）

我想对这一切发笑，可是我感觉很不舒服。我感觉灵魂发出一种突然得病般的冷。我没有气力反抗这种荒谬。我无意中接近了上帝的什么窗口、什么秘密？楼梯廊间的橱窗开向哪里？石版油画中什么眼睛在盯着我看？我几乎在发抖。我不由自主地抬起眼睛，向遥远的办公室的街角，那幅真正的石版画的所在之处望去。我不断地向那里抬高眼睛。

## 我从来不能从外部看自己

我总是，在那些偶然的时刻，意识到我们自己对别人来说是别人的时候，关注自己，对每天或者是偶然地，观看我的、和同我说话的人，做出的身体的，乃至道德的形象印象。

我们所有人都习惯将自己视为主要的精神现实，把别人当作直接的形体现实；我们朦胧地认为自己是有形体的人，为了在别人眼中的效果；我们模模糊糊地把别人看作是精神现实，可是只有在爱情或冲突中，我们才真正地意识到别人也同样有灵魂，如同我们对自己意识一样。

因此，有时候，我会迷失于我在别人眼里究竟是哪一种人的枉然想象里，我的声音如何，我在别人的印象中是哪类形象，我的手势表情是什么样子，我的语言，刻录在他人诠释的视网膜里的，我表面看上去的生活。我从来不能从外部看自己。没有如外部照见我们的镜子，因为没有镜子把我们从自身中提取出来。需要有另一个灵魂，另一个角度的眼光和思想。如果我是一个长期的电影演员，或者在音响唱片上录下我大声说话的声音，我可能是一样，不能从外部看我，因为，无论如何，录制下来的，是我的外在，在我意识的庄园的高墙里。

我不知别人是否如此，是否生活科学的本质不是就在于本能地对自己如此疏离，能够参与生活好像对意识是陌生的；或者，是否别的人，比我更专注自我，不是对一切都粗暴，除了对他们自己，外部生活的那个奇迹，蜜蜂形成最有组织的社会，比任何民族都更有组织，而蚂蚁通过小小的触角相互交流，超过我们复杂的、费解的语言的效果。

现实意识的地理是非常复杂的海岸，极端高低不平的山峦和湖泊。而一切对我，如果我过多地深思，都像是，就像《温柔乡地图》，或《格列佛游记》一样的一种地图，一部讽刺或奇幻的书里，准确记载的笑话，为了给高级人物娱乐用的，他们知道哪里的陆地才是陆地。

对一个思考的人来说一切都是复杂的，无疑思想由于其本身的快感将其变得更加复杂。可是一个思想的人，有需要为他，为什么要放弃理解的广泛程序，做出辩护，就像撒谎的人的理由，用把他们揭露的所有过分的细节，用在大地上散布的，谎言的根。

一切是复杂的，要么就是我是复杂的。可是，不论如何，并不重要，因为不论如何，什么都不重要。所有这些，所有这些思考，都是偏离大道的歧路，是长在被放逐的众神的庄园的远离围墙的爬藤。

## 我梦想一种博学的生活

旅行的念头，以平行运动，诱惑我，宛如这念头诱惑一个不是我的人。整个世界广阔的景象从我被惊醒的想象力中一幕幕掠过，好像是五彩的运动，索然无味。我勾画愿望，就像一个已经不想做表情动作的人，对可能的景色提前的厌倦折磨着我，像一阵麻木的风，一朵死静的心花。

和旅行一样的阅读，和阅读一样的一切……我梦想一种博学的生活，在古人和现代人中间，默默地共同生活，以他人的激情重新点燃激情，用冥想家和大多数写作的人几乎想到的矛盾思想充填我。可是，如果我随便拿起书桌上一本书，仅仅阅读的念头就使我黯然伤魂，必须阅读的物理的事实，就打消了我的阅读……如果我偶然接近某个有可能登船的地方，要旅游的想法也以同样的方式腐烂。我返回到两件无效的事，这点我确定，我也是无效——我日常的、无名过客的生活；和我如醒着一般的，失眠的梦。

一切都像阅读……只要是有什么事情能梦想，如打断了我每日寂寞的流淌，就冲着空气中的、我特有的精灵，那个可怜的、也许是学会唱歌的美人鱼，抬起我沉重的抗议的眼睛。

## 在那里我感觉到自由

任何习惯时间的位移，总是给精神带来冰凉的新事物，一种稍稍不舒适的快感。一个习惯在六点离开办公室的人，偶然五点钟走，立即有一种心理上的假期，和一种似乎有些不知所措的遗憾。

昨天，因为要到远处办事，我四点从办公室出来，五点就干完了远处的工作。我不习惯那个钟点在街上，因此我置身于一个不一样的城市里。平常那些外墙上的光明缓慢的色调有一种恁白的甜美，一如既往，从我旁边的城市经过的，昨夜关在局子里的下船的海员。

那个时间办公室还开着门。我在带给职员自然的惊讶中回到办公室。我之前已经跟他说了再见。怎么，回来啦？是，回来啦。在那里我感觉到自由，独自和那些陪伴我而并非精神上为我而在那里的人们……从某种意义上说那是个家，即是说，一个不难受的地方。

## 天是征服者的蓝

最后的雨滴，开始从屋檐落下的缓慢以后，石路中央，开始慢慢地照见天空的蓝色，车辆的声音唱起另一首歌，更高声，更快乐，响起迎着阳光打开窗子的声音。于是，在狭窄的街上，下一个拐角的深处，卖彩票的第一声吆喝，对面商店钉在箱子上的钉子，在明亮的空间中反光。

那是一个不确定的休息日，法律上是，但是人们不遵守。安静与工作混在一处，我无可奈何。我起得很早，迟迟不准备好自己的存在。我在房间里来回踱步。深梦着不连贯的、不可能的东西——我忘记了怎么做的表情手势，没有方向的不可能实现的野心，如果是场对话，那一定是坚定而持续的。在这既无伟大也无平静的梦幻中，在这种既无希望也无目的的拖沓中，我的脚步耗费着自由的清晨，我高亢的话语，低声说出的，在我简单的与世隔绝的回廊里发出成倍的回响。

我的人类形象，若以外部的注意力来思考，是可笑的，那种一切人类的只要是私密的都具备的可笑。在放任而眠的简单的睡衣外，罩着一件旧大衣，在这种清晨的失眠时我总是穿这件大衣。我的旧拖鞋是破的，尤其是左脚那只。双手插在死后遗物的外衣口袋里，我迈着坚定的大步，把我短小的房间变成大街，用我徒然的遐想，实现和所有人一样的梦。

依然，透过我那扇打开的唯一的窗口的清凉空气，听见从屋顶，下过的雨聚积的粗大水滴的声响。依然，濛濛地，有下过雨的清爽。然而，天是征服者的蓝，雨仿佛战败了或疲倦了，剩下的残云向城堡那边撤退，让出整个天空合法的路。

那是快乐的时机。可是有什么东西压在我心头，一种陌生的焦虑，一种无定义的欲望，甚至都不是微不足道的。也许，活着的感觉有点拖延。当我从极高的窗俯身，看向看不见的街道，我突然感觉自己就像一块，拿到窗前去晒的，拧成一团的，而被遗忘在窗台的，擦脏东西的潮湿的破抹布，慢慢将窗台染上污迹。

## 生活是用别人的意图来织袜子

我嫉妒——可是我不知道是不是嫉妒——能写传记的那些人，或能写自传的人。在这些不连贯的，我也不想连贯的印象里，我冷漠地叙述我没有事实的自传，我没有生活的故事。是我的自白，且，假使我在里面什么也没说，是因为我无话可说。

（某个人的）自白有什么价值或有什么用处？对我们发生的，或是对所有人发生的，或是只对我们发生的；一个毫不新颖的，而在别人是不可理解的事件。如果我写自己所感觉到的，因为这样会减轻我感觉的兴奋。我所自白的并不重要，因为什么都不重要。我用自己所感觉到的做风景。我以感受度假。我很懂得用痛苦刺绣的绣女，和那些钩织袜子的女人，因为有生活。我的老姑妈在漫漫无际的长夜一个人玩纸牌接龙。我这些感觉的自白就是我的纸牌。我不解释它们，就像有些人用纸牌算命那样。我不去穷究它们，因为玩纸牌接龙，本身并没有价值。我舒展开，像一缕五彩线，或者自己做翻绳图形，像玩翻绳的孩子，从一个孩子的手穿到另一个孩子的手，我只小心别让拇指错了该是它管的线。然后我反手，变成不同的花样。然后再来一遍。

生活是用别人的意图来织袜子。可是，当织它的时候，思想是自由的，所有快乐的王子都能在他的公园里散步，在象牙钩针的一钻一钻中。编织故事……间隙……虚无……

其余的，我能靠自己什么？一种感觉上的可怕的敏锐，和一种对正在感觉的深刻的理解……一种为了摧毁我尖锐的智力，和一种自我消遣的贪梦的能力……一种死了的意志和一种轻轻摇着它的思索，像轻摇着活着的儿子……就是，钩织品……

# 我能忽略掉自己

身后的钟，在荒芜的房子里，掉下四声清亮的钟响，是夜里四点。所有人都在睡觉，我还没睡，也不指望睡着。没有什么吸引我的注意力，这样我睡不着，或者压在身体上，而因此它不安宁，我躺在阴影里，月光似的街灯朦胧的光，让街道变得更加寂寥，我奇怪的身体，莫名地安静。我不会去想我做的梦；不会去感觉我不能睡着的觉。

我周围的一切都是赤裸的，抽象的，由夜的否定构成的宇宙。我分成疲惫的和不安静的，甚至用身体的感受触及到一种事物的神秘的形而上学的认知。有时候我的灵魂瘫软无力，于是日常的无形的细节，飘浮在意识的表面，我向不能睡着的波面打浮漂。还有的时候，朦胧的，诗意的，不由自主的，色彩斑斓的形象，从我停滞的半睡眠的里边醒来，任凭它们无声的表演在我心不在焉中流淌。我没完全闭上眼睛。松散的视觉边缘，有从远处而来的光；那是下面亮着的公共照明，在被遗弃的街角。

停住，睡觉，用更好的、忧郁的、对我不认识的人秘密说出的，来代替这种断断续续的意识！……停住，像小河流过，浩瀚大海的潮涨潮落，在夜晚的可见的海岸，在那里真正地睡着！……停住，作匿名的、外部的、远树枝头的摇动，轻轻的落叶，从声音识别出来却什么也没落下，这处喷泉的声音似微型的海，还有夜晚的公园里一切不确是的，迷失在没完没了的纷扰里，在黑幽幽的自然迷宫！……停住，终于结束，但是有残存的演泽，是一本书的书页，散开的头发的一缕，半掩的窗边摇曳的爬藤，拐角的细碎石子路上不重要的脚步，沉睡的村庄最后的一道高直的孤烟，清晨路边车夫遗忘在那里的鞭响……荒诞，混乱，熄灭——一切不是生活的……

而我，以我的方式，无眠无息，睡着度过我假设的植物生活，在我不安静的眼皮下，仿佛一片肮脏的海的静静的泡沫，悬浮着街上沉默的路灯遥远的反光。

我似睡非睡。

在我的另一边，在我躺着的地方的后边，房间无比寂静。我倾听时间，一滴一滴，无声地掉落，我肉体的心脏有形地压迫我的记忆，将一切一切对过往的回忆全化作虚无。感觉我的头物质地放在枕头上，将它变成峡谷。枕头芯的材质和我的皮肤有人在阴影里接触的感觉。耳朵，我枕在它上面，数字化地刻录在我的大脑。我疲倦地眨眼，睫毛在翘起的枕头敏感的白色上，发出非常细小的、听不见的声音。我呼吸，叹息，我的呼吸发生——不是我的。我受苦，无觉无思。家里的钟，准确的地点，在那些东西后面，干枯而无效地敲响半点钟。一切是那么多，一切是那么深，一切是那么黑，那么冷！

我穿过时间，穿过寂静，无形的世界穿过我。

突然，像神秘的孩子，一只公鸡，不知是在夜里，唱了起来。我能睡了，因为是我的早晨。我感觉嘴在笑，轻轻推开缠住我的脸的枕套上柔软的褶皱。我可以离开生命，我能睡了，我能忽略掉自己……而，通过自我忘却的新睡眠，或者是我想起唱过的公鸡。或者，真的是它，唱了第二次。

以何等的情欲（……）和超然，有时候，我在夜晚徜徉在城市的街道，从灵魂的内部，注视着楼宇的线条，房舍的差异，建筑艺术的细节，一些窗户里的灯光，种着植物的花盆躺在阳台的栏笼里——观赏所有的这一切，我会有直觉的享受，发出这声救赎的叫喊：可是这一切全都不是真的！

## 我是具有那种灵魂的诗人

不是我平庸的房间破败的墙壁，也不是他人的办公室老旧的写字台，更不是一如往常的，我那么多次穿过的，习惯了的低区（里斯本商业中心）中间街巷的贫穷，我觉得那已经是一成不变，不可救药，在我的精神里形成一种恶心，我精神里经常是这样，对结满了生活污垢的日常琐事感到恶心。是习惯地包围我的人们，那些，不了解我的，每天共同生活的，和我说话的，认识我的灵魂，在我精神的嗓子眼，打上让身体难受的吐沫结。是他们单调肮脏的生活，与生活的外部相平行，他们那种“他与我相似”的内心意识，给我穿上强迫服（精神病人的拘束服），给我悔罪所的牢房，叫我自疑，变成乞丐。

有那样的时刻，每种平庸的细节都令我对它的存在有种兴致，我对一切都有热情来明白地读懂一切。于是我看见——像韦耶拉（葡萄牙神学家）对索萨（历史学家）的作品所说的——有特性的共同之处，我是具有那种灵魂的诗人，以那种灵魂，希腊人的批判形成了诗歌的智慧时代。可是，也有那些时刻，其中的一种就是此刻压抑我的，在这种时刻我更感觉到自己而不是外部的事物，一切对我都变成了下雨和泥泞的黑夜，迷失在两班三等客车之间的，小站的岔道上的孤独里。

是的，我内在的美德，要求我经常是客观的。就这样思考着自己便迷茫起来，感到痛苦，就如同所有的美德一样，甚至在恶习上也一样，对自己的肯定会消减。于是我自问，究竟我如何生存，我如何有怯懦地活在此处的勇气，在这些人之间，以此种和他们精准的平等，如何适应他们这些人的垃圾的幻觉？所有的解决方案对我出现，如同遥远的灯塔的闪亮，当想象力是一个女人——自杀，逃逸，放弃，悲壮的贵族个性，宝剑，披风，却没有展现的舞台。

可是更好的现实中的理想的朱丽叶，对我以迎来虚构的罗密欧关上了文学访问的窗。她服从了她的父亲，他服从了他的父亲。蒙太古家族和凯普莱托家族世仇依旧，幕布落在没有发生的故事上，我回到家——那个肮脏的房间，主妇没在那里，孩子我很少见到，办公室的人们只有明天才会见到——商业职员的外衣的领子，毫不奇怪地竖起在诗人的脖子上，穿着总在同一家鞋店里买的靴子，无意识地避开冰凉的雨水水洼，有点担心，我总是忘掉的雨伞，和与灵魂的分离。

## 生命的奥秘令我们痛苦

有种抽象智慧的疲倦，是疲倦中最可怕的。不似身体疲倦那样的无奈，也不像情绪疲倦那样难堪。是对世界意识的遗憾，是不能用灵魂呼吸。

于是，我们寄予生活意义的那些想法，我们寄予了继续生活的希望的所有人生计划，都像风吹云散的野心和理想，都破碎，开裂，远逝，变成雾的灰烬，凌乱不堪。而在失败的后面，出现黑色的纯粹的孤寂，凄凉的布满繁星的无情的天。

生命的奥秘令我们痛苦，以很多种方式令我们惊恐。有时候仿佛无形的幽灵来到我们之上，而灵魂为最恐怖的恐怖而颤抖——虚无的奇形怪状的化身。另一些时候，在我们的身后，只有我们不回身去看才看得见，却是我们所不知之物的最深刻的恐惧的全部真相。

可是，今天这让我彻底绝望的恐惧，更有夜色的稀疏。是一种不想思想的意愿，一种从来什么都不曾是的欲望，是一种浑身的细胞和灵魂的有意识的绝望。是突然感觉被封在无穷的监牢。往哪里逃，如果一切就是个监牢？

于是我产生一种涨溢的、荒诞的欲望，一种撒旦之前的魔法，就是有一天——没有时间和物质的一天——处于上帝之外，我们里面最深之物的允许，我不知如何，来组成是与非的一个部分。

## 我在这儿感觉到那儿的冷

特茹河南岸深处黑色的天空，与翱翔的海鸥不安的翅膀上鲜亮的白色，形成反差，黑得格外不祥。然而，那儿，并不是暴雨天气。黑压压的雨云，威胁着河另一岸的天空，城市的低区，下过一点雨还是湿润的，从地面向天空微笑，那天空的北方尚有些发白的蓝。春天的清爽中还带着一丝寒意。

在这样的一个时刻，我的思想却很空旷，无忧无虑，在作虚无的冥想。在净空中，明亮起来的天空有某种凄清的寒冷，远处是黑色的背景，和场景，比如海鸥，由于反差，唤起对阴沉的黑色里一切神秘的直觉。

可是，突然间，与我内心的文学意图相反，南方的天空的黑色背景呼唤我，由于真正的或虚假的回忆，另一个天空，或许在另一生看见过的，在一条更小的河的北岸，生着忧伤的芦苇，且没有任何城市。我不知怎么，一幅野鸭的景色在我的想象力中展开，以稀奇的梦的清晰，令人感觉就在我想象的那片天地的近处。

河边的芦苇地，一片猎人的和痛苦的土地，不规则的河岸，像肮脏的小海角，伸进铅黄色的河水，再进入泥泞的河湾，一些几乎是玩具的小船儿，停在河边的淤泥里不能动弹，墨绿的芦苇丝，掩映着水的闪光。

凄凉，一片死灰色的天空，这里那里，比天空的色调更黑的乌云的皴皱。有风，可我感觉不出来，而另一岸，其实，是一座长洲，在它——被大河遗弃的孤寂中！——的后面眺望见另一个真正的河岸，躺在远处，没有起伏。

谁都到不了那里，也去不成。哪怕是因为时间与空间出现诡异的裂缝，我都不能从世界逃避到那个景色中，任何人永远都到不了那里。我徒然等待，不只期待着什么，除了，当这一切结束，漫漫降临的夜，缓慢地，整个空间的颜色，变得比云还要黑，一点一点，沉浸入整体被取消的天空。

猛然，我在这儿感觉到那儿的冷。触及我的身体，来自骨髓。我深吸一口空气醒过来。那个人，与我交身而错，在股市大楼的门廊下，用不知如何解释的不信任的眼神，看了我一眼。黑色的天，收紧了，在南方压得更低。

## 读着，我自由了

在灵魂上，即使我是属于浪漫主义的血统，可我除了阅读古典作家外，就找不到平静。它的那种狭隘性，通过这种狭隘，有表达上的清晰度，不知让我对什么感到舒适。我从中得到一种开阔生活的愉悦印象，观赏广阔的空间，而无须游历那里。神秘中那些异教的诸神在休憩。

对感受——有时是对我们假想中的感受——的分析，我有超级的好奇心与景色融为一体，对一切的解释，像是神经解剖，运用欲望如同意愿，心愿如同思想——所有这些东西我都是太熟悉了，为了从他人给我带来新颖，或给我平静。每当我有这些感觉，恰恰是因为我感觉到这些，就会渴望感觉另一种东西。而，当我阅读一部古典作品，就给了我那另一种东西。

我不掩饰也不惭愧地坦白这些……夏多勃里昂的段落，拉马丁的诗歌，——多少次那些段落似乎就是我思想中的声音，多少次那些诗歌好像是对我说的，告诉我的——都没有像韦耶拉的一段散文，或那些真正追随贺拉斯的我们为数不多的古典作家的一两首颂歌，更令我陶醉，赞叹不绝。

读着，我自由了。我获得了客观性。我不再是我，弥散开。我所读的，不是我看不清的，有时令我感到压抑的衣服，而是外部世界的无限光明，那光明是那样清晰可见（？），太阳普照一切，月亮给安静的地面布上阴影的网，开阔的空间，海天无限，树木坚实的墨色，在上方摇曳着绿意，庄园池塘凝固的寂静，被葡萄园掩映的小路，在缓缓的山坡上。

我阅读，像一个放弃王位的人。而，像个国王，把从来也没有的王冠和王袍丢弃在地上那样豪迈，我将所有的我的厌倦和梦的凯旋丢弃在前厅的花砖地上，带着唯一的贵族气质的眼神登上台阶。

我阅读，就像一个人走过。在古典中，在平静中，在那种受着苦却不说出，觉得自己是一个神圣的过客，受膏的朝圣者，无理由无目的的世界的旁观者，伟大流放的王子，临去前，给了最后一个乞丐，他凄凉的终极施舍。

# 我为真相而痛苦

这家公司的资本家股东，总是在不确定的地方有什么病，想要跟办公室全体职工合一张影，我不知他因为什么病，有这种间隙的怪癖。就这样，前天，快乐的照相师指挥着，我们大家站成一排，靠着脏白的屏风——那个用不结实的木头做的，把大办公区和老板瓦斯科斯的经理室分开的隔扇。瓦斯科斯就站在中间，两边的人按照身份级别安排，然后才是随便站的、那些人类灵魂，他们每天聚会在这里，最终的小小目的只有众神才知。

今天，当我到达办公室，有点儿晚，说真的，我忘了那里发生的静止事件，拍摄了两次的照片，遇到莫雷拉，他意外地来得很早，和两个推销员之一，偷偷摸摸地，伏在一些个黑糊糊的东西上面，我立刻吃惊地认出来，那便是最早的几张照片。结果，那是两次拍照只取一张，那张照得效果更好。

我为真相而痛苦，当看到我在那里面，因为，正如设想的，我第一个去找的就是我自己。我从来不觉得自己身体的存在，有什么高贵的，可是从来也没感觉到它如此的无效，如此刻，当我把自己的形象同其他的人，我日常那么熟悉的，站成一排的同事们的脸孔做比较。我像个病容满面的耶稣会士。我那消瘦的毫无表情的脸，既无智慧，也无毅力，也没有任何东西，不管是什么东西，同别的脸孔的情绪相比，就像是大海退了潮。退了潮，不。那里有真正表情生动的脸。老板瓦斯科斯和平常一样——阔脸膛儿，快乐，结实，目光坚定，硬连鬓胡。精力充沛，机智精明，男人气——终归是如此的平庸，如此多次地被全世界成千上万的男人重复——还写在那张照片上，如同心理护照的一张照片。两个推销员令人赞叹；市场员还好，可是一半被挡在莫雷拉肩膀后面。莫雷拉！我的头儿，呆板，坚定，精神十足，比我强许多！甚至那个小伙子——看着他我难以压抑一种感情，我想办法说服自己那不是嫉妒——脸上有种自信，一种直接的表情，和我的文具店的斯芬克斯的无效关闭的笑容拉开距离。

这意味着什么？这一张底片明白无误的究竟是什么真理？是确定什么，这个冷酷的记录镜头？我是谁，为什么要这样？然而……对集体的辱骂？

——“您照得真不错。” 莫雷拉突然说。然后，转身冲着市场员：“就是他的小脸，嗯？” 市场员表示同意，那种友好而快乐，像把什么东西丢进垃圾桶。

## 环境是事物的灵魂

环境是事物的灵魂。每件事物都有独特的表达，而这种表达来自其外部。

每件事物都有三个元素，由这三个元素构成：一定量的物质、对它解释的方式和其所处的环境。这张我在上面写字的桌子，是一块木料，是一张桌子，是在这所房屋里家具中的一件。我对这张桌子的印象，如果要描述出来，就必须是由这些概念所组成：它是木头的，我把这种东西叫桌子，并且赋予它一些用途和目的，与之并列的那些东西，那些放在桌子上的东西，那些它折射的，它所置于其中的，将它转变的东西，伤了它外部的灵魂。

给它的特殊颜色，那种颜色的褪色，斑迹和裂纹——所有这一切，你瞧见没，是从外部而来的，而这才是，比它的木材本质更多地给她灵魂。而这个灵魂的内心，即桌子的存在，也是从外部给的，是个性。

我认为，因此，没有人类错误，也不是文学错误，赋予我们称为死物的事物以灵魂。一件东西，就是一种命名的对象。可能是假的，说一棵树感觉，一条河“流淌”，夕阳落日愁苦，或大海平静（大海的蓝色，来自天空，大海自身并没有天空）、大海微笑（是大海自身之外的阳光给了她微笑）。可是说某种事物是美的，也同样的错。赋予某种东西颜色、形状，或许乃至于存在，都是错的。本质上，海，就是含盐的水，美妙的夕阳景色，就是在地球这个经纬度，阳光开始暗淡。是原子运动的结构，是微观的，百万计的小太阳系的奇怪的原子集合体。

一切由外而来，人类灵魂，或许就是来自太阳的灵光，人死后，这道灵光会从尸体分离出来。

或许，对一个能够有勇气去求得结论的人，一个完整的哲学就在这些思考中。我没有这种勇气，我会出现朦胧而认真的、有逻辑的可能性的思想，可是这一切，会渐渐暗淡，就像眼前，黑色的石墙下，那堆潮湿的、被压扁的、几乎发黑的稻草，上面反射的光。

我就是这样。当我想思索，我看见。我想去探索灵魂的深渊，却忘记了，停在螺旋阶梯的起始处，麦色的夕阳，像道别，从高层的窗，反射在那一片湿漉漉的屋顶。

## 每个人都有他的虚荣

人类灵魂的整个生活都是在半明半暗中运动。我们生活，在朦胧的意识里，对我们是什么，或设想我们是什么，从来都不确定。我们中最优秀的人中间，存在一种对某种东西的虚荣，以一错误，我们不知道它的角度。我们是某种发生在演出间歇的事件；有的时候，从某些门，我们隐约看见的也许无非是布景。整个世界是混沌的，像夜间人的说话声。

我在这些纸页上面记录，这些字迹不知能保留多久，此刻我在重读，并自问：这是什么，这为的什么？当我感觉时，我是谁？当我死了是什么？

就像一个人，从很高的地方，想辨别山谷里的生命，我就是这样从高处观看自己，而我，同一切，是分辨不清的，混乱的风景。

就是这样一个灵魂中的深渊时刻，像一封告别的信，最小的细节都令我压抑。

我感觉难受，总是像要醒来之前，自己被包裹在自身里，这状态让我窒息。我真想喊叫，要是能起什么作用的话。可是我有一种巨大的睡意，从一些感受传到另一些感受，像连续飘过的云，让辽阔的原野上半似忧伤的草地上，阳光和绿色变化莫测。

我就像一个人偶然寻找，不知道那件东西藏在了哪里，人们不告诉他那是件什么东西。我们在和谁玩捉迷藏。在某个地方，有种超然的手段，将流动的和听见的神明结合在一起。

我重读这些纸页，是的，它们代表可怜的时光，小小的安静或幻觉，转移到风景的巨大希望，像进不去的房间一样的忧愁，某些呐喊，一种巨大的厌倦，尚待写出的福音。

每个人都有他的虚荣，每个人的虚荣是他忘记了有别的人，他们有和他一样的灵魂。我的虚荣就是几页纸，一些笔记片段，一些疑问……

重读？我说谎！我不敢再去读。我不能重读。重读对我有什么用？那里面的是另一个人。我已经一点也不懂……

## 吹在我前额的幸运的风

我对平庸的人类有生理上的恶心，而且，人类只有平庸。有时候，有些奇怪的想法，将这种恶心加深，刺激我吐出来，减轻恶心的感觉。

我喜观清晨散步，就像一个人害怕监狱那样，我害怕一天将是持续的平庸，于是就慢慢地在路上前行。在街上的商店和仓库开门之前，听见成群结伙的姑娘和小伙子们，话语的碎絮，一些人对另一些人的，听任其落下，仿佛给我开放的思索里看不见的化缘袋投进讽刺的施舍。

总是同样的语句，同样的序列……“然后她就说……”语调里带着她的心机。“要不是他，就准是你……”回答的声音，有抬高的反驳腔调，我已经听不清。“你说了，对，就是你说过……”缝纫女的嗓音很刺耳，说到“我妈妈说不愿意……”“我？”小伙子一脸惊讶，他带着用油纸包着的早点，一点也说服不了我，也应该说服不了脏兮兮的金发女。“兴许是……”四个女孩中三个的笑声，在我的耳边，一种淫荡的（……）“于是我站到那家伙面前，当着他的面——当他面，嗯，噢老泽兄……”这可怜鬼在说谎，因为办公室主任——从嗓音我知道另一个竞争者是办公室的主任，我不认识——写字台之间没有角斗场，对秫秸秆的剑斗士（？）接招，“……那我就去厕所吸一支烟……”屁股上打着暗色补丁的小子笑了。

别的人，独自或成群结伙地经过，不说话，或者说话而我没听见，可是所有人的声音对我来说都是清亮的，以一种直觉和破碎的透明。我不敢说——我都不敢写下来对我自己说，哪怕是立即就划掉——那些我偶然看到的眼神，不由自主的低垂的眼神，在肮脏的路口。

我不敢说，因为，会刺激呕吐，非得把谁刺激得呕吐。

“那家伙肥得都看不见台阶。”我抬起头。这个男孩，至少会描写。当这种人描写的时候，比当他们感觉的时候要好得多，因为为了描述，忘记了自己。我一阵恶心。我看见了那家伙。我像个摄影镜头一样看见他，甚至那句无辜的土话鼓舞我。吹在我前额的幸运的风——那家伙肥得都看不见台阶——也许那是人类摇摇晃晃地登上的台阶，摸索着，绊倒在礼堂这边，斜坡的假台级。

说坏话的阴谋，没胆量做却吹牛的虚荣，每个穿了衣服的可怜虫的满足，以对自己灵魂无意识的意识，无清洗的性行为，像猴子抓痒的段子，对自己无足轻重处境的可怕的无知……一切都让我觉得那是个怪物，丑陋下贱，在不自觉的梦里，有欲望的感受的残余，像潮湿的碎贝壳。

# 我自觉是个男人

多少次，受缚于外表和巫术，我自觉是个男人。于是，我和快乐生活在一起，和明亮一起存在。我飘飘然。我很舒畅，拿到工资，回家。我感觉到时间却不见它，任何有机的东西都令我欣喜。如果冥想，我清净无思。在那些日子，我特别喜欢花园。

我不知道城市花园的内在物质中有什么奇怪而可怜的东西，只有当我感觉自己好的时候，才觉得花园好。一座花园，是文明的缩影——是对大自然的不具名的改造。公园里种着植物，可是有大大小小的路径。长着树，可是树荫下有椅子。边缘开向四外的城市，那里只有小广场，椅子更大，而且几乎总是有人。

我不憎恨花池里面花的整齐。然而，我仇恨，花卉的公共运用。倘若花池在封闭的公园里，如果树木生长在封建庄园的角落，倘若长椅上没有人，那么在对花园徒然的观赏中，还有让我以之慰藉的东西。这样，在城市里，规规矩矩而且有用的，花园对我就仿佛成了笼子，在那里，树木和花草自发性的色彩斑斓，没有发挥的空间，一个它们被囚禁的地方，美的本身没有属于它的活力。

可是有的日子，这是属于我的景色，在其中，我像一个悲剧中的人物。在那些日子，我是错的，但，至少在某个方式上，我更幸福。如果我心不在焉，我会觉得我真的有家，有可归的家。如果我忘记，我是正常的，把时间留给一种目的：刷一套西服，读完一份报纸。

可是幻觉持续不久，不但因为不持续而且因为夜色降临。花的颜色，树木的阴影，道路和花池的定位线，一切都缩小、消失。在错误之上，在我是个男人之上，突然打开，就像白天的光，一面对我隐藏起来的剧场的幕布，繁星满天的布景。于是我用眼睛忘掉形状丑陋的观众席，等着最初的几名演员出场，以一个等待马戏开场的孩子的惊奇。

我解脱，我沉沦。

我感觉。发烧的冷战。我是我。

## 感觉无非是思想的食物

我认为，那种，在我身上产生深刻情感的，我生活在其中的，与他人不同的东西就是，大多数人以感觉来思想，而我以思想来感觉。

对普通人来说，感觉是生活而思想是懂得生活。对我，“思想”是生活，而“感觉”无非是思想的食物。

明显的是，我稀少奋发的能力，这种能力比起和我精神类型相同的人，更是被气质与我相反的人所追求。在文学上，我对任何人的钦佩也比不上对古典作家，他们与我相似的最少。要是做唯一的阅读选择，夏多布里昂与韦耶拉之间，我不假思索地选韦耶拉。

一个越是与我不同的人，我越觉得真实，因为更少地取决于我的主观性。正是因此，我聚精会神持之以恒地研究的就是那个平庸的、我嫌恶并远离的人类。我爱他因为恨他。我喜欢看他因为讨厌感觉他。风景如画，令人惊叹，真在里面生活，不一定舒适。

## 当我们抵达荒凉的自然的山顶

山顶，荒凉、自然，当我们登上去，有权力巅峰的感受。我们的全部身高，比山还要高。大自然的最高点，至少在那个地方，一切都在我们脚下。我们，因为势位，是可见的世界的王者。在我们四周一切都更低矮：我们昂首挺胸，我们是峰巅，在我们面前，人生是下降的山坡，横亘的平原。

在我们身中的一切不平和邪恶，当我们有这种高度，都没有了；我们身高并没有增加。我们所踩的，把我们抬高；我们更高，是因为我们因之而更高。

如果是富人，呼吸更畅；如果是名人，就更自由；有一个贵族头衔本身，就是座小山头。一切是机缘，可是我们连机缘都没有。我们爬上它，或人们把它带给我们，或我们生在山顶的房子里。

然而，从山谷到天空，和从山顶到天空的距离，看起来是巨大的差别，其实没有差别。当洪水涨漫，我们最好是在山顶。可是如果神的诅咒，像朱庇特的霹雳闪电，或是埃俄罗斯的狂风，我们最好的保护，是匍匐在低处。

一个真正的智者，他可能有足够的力量攀登高峰，但会拒绝通过攀登去认识高峰。他用视觉来拥有所有的山峰，用气势俯视所有的山谷。比起在山顶上受灼烤之苦的人，太阳更是为他将山峦镀上金色，比起那些住在森林中的宫殿里，忘记它就是他的一座监狱的人，高大的宫殿，对山谷下眺望它的人来说，更加美丽。

用这种思索，我自我慰藉，因为我不能用生活安慰自己。而象征与现实对我混淆起来，我，一个有血肉有灵魂的行客，走在这些通向特茹河的低区的街巷中，西边的太阳已经沉沦，城市的高处，夕照的辉煌，似他人的光荣。

# 仿佛灵魂得了感冒

有些感觉是睡眠，像雾一样占据精神的展延，不让思索，不让行动，不让明白地存在。就好像我们没有睡着，似乎残梦还追随着我们，白天太阳麻木地灼烤着停滞的感官的表层，仿佛是一种醉态，意志是泼在通向后花园台阶上的一桶水，那流动，让人想起走在通道上的脚步。

看过去可什么也没看见。长长的人来人往的街道，是一种倒地的广告牌，上面的字是活动的，组不成含义。房屋仅仅是房屋。失去了，给所看见的东西一种意义的可能性，可是看得清楚是什么，对。

木箱铺的门前，敲锤子的声音，近得奇怪。巨大而分离，每一声都有回音，没有益处。车辆的嘈杂，像是打雷天，人们的说话声从空气中发出来，不是从嗓子里。远处，是慵懒的河。

所感觉到的不是厌倦。所感觉到的不是痛苦。所感觉的甚至都不是疲倦。是换一个人格去睡觉的意愿，连涨工资的感觉都忘了。什么都不感觉，除了这样的机械动作，让腿在地上跺一跺，不自主地行走，感觉脚在鞋子里。就连这，也许都感觉不到。转一圈眼睛，好像是手指头在耳朵里有一种从脑袋里面向外的挤压。

仿佛是灵魂得了感冒。而从得了病的文学形象诞生出一种生活是疗养的欲望，不走动；而从养病的念头，呼唤出郊区的田园，然而深处，是屋舍，远离街道和车轮。是的，什么都感觉不到。有意识地穿过该进的门，睡着觉，只因不可能给身体别的方向。穿过一切。那个是面包师傅，噢，一个站立的熊？

轻轻地，像一件事的萌芽，特茹河上飘浮着有海腥气的微风，肮脏地散布到低区街道的入口。那气味清爽又恶心，在温和的大海麻木的轻寒里。我感觉到胃的生命，嗅觉变成了眼睛后面的一种东西。舒云漫卷，高高栖息在虚无之上，由灰色坍塌成虚假的白色。空气有种威胁，吓坏胆怯的天空，仿佛是一阵听不见的，仅仅由空气形成的，雷雨。

飞翔的海鸥，给人静止在空中的错觉；像比空气还轻的东西，某个人放在空气中的东西。什么都不窒息。傍晚降临在我们的一种不安之中；空气的清爽断断续续。

我曾经有过可怜的希望，从我不得不有的生活中生出的！就像此刻的时间和空气，没有雾的雾，虚假的风暴的缝补的碎片。我想叫喊，来终结这风景和思索。可是，我的目的是说，在外面有海腥味儿，我心里有海水退潮露出的黑色淤泥，我没看见而是嗅到。

所谓“想要足够的”，有这么多矛盾性！假设的感受里，有那么多讽刺意识！这么多带感觉的灵魂的情节，有空气和河水的思想，为了说生活使我痛苦，在嗅觉和意识里，因为不会说像《约伯记》里那句简单而完整的话说：“我的灵魂厌倦了我的生活！”

## 仿佛一件长袍不再摩擦伤口

我不知是什么朦胧的抚爱，那下午不定的微风带给我前额的和理解力的，是那么温柔都算不上抚爱。我只知道，我忍受的无聊之苦，对我更加合身，那一刻，仿佛一件长袍不再摩擦伤口。

可怜的敏感，竟取决于空气的微小运动，来达到，尽管只是一瞬，他的安静！可是全部人类的敏感都是这样，我都不相信在事物的天平上哪个更重：突然赚到的钱，还是突然收到的微笑。不管对别人是怎样，对我重要的，在此刻，是经过瞬息的没有持续的微风。

我可以想睡觉。我可以想做梦。我对一切的客观性看得更清晰。我对生活外部的感觉运用更加自如。而所有这一切，实际上，因为，当几乎到了街道拐角，一阵微风在空气里的拐弯让我皮肤的表面感到愉快。

一切我们所爱的或失去的——东西、生灵、意义——轻擦过我们的皮肤并这样到达我们的灵魂，而这场景，在上帝眼中，不过是一阵清风，什么也没有给我带来，除了我假想的轻松感，一种安详的时刻，和能华丽地失掉的一切。

# 像生命一样无知

承认现实作为幻觉的形式，和幻觉作为现实的方式，两者同样需要又同样无用。冥思生活，若想存在，必须考虑到客观事件，作为一个无法得出的结论，散在前提；但是同时又必须考虑偶然出现的梦，作为某种方式，值得对它们注意的形象，由于这种注意力，我们变成冥思者。

任何事物，根据考虑的角度，都是一种惊愕或者阻碍，是一个整体或一个虚无，一条路或者一种忧虑。每次换个方式来思考它，就是对它的更新，就是成倍地增加它。因此，一个从未离开他的村庄的沉思的头脑，却将整个宇宙都置于他的支配之下。无限在一个斗室中或在荒漠中。在一块石头上，整个宇宙睡着觉。

然而，有这样的思索时机——所有的思考者都能达到这种时机——在其间，一切都消耗，一切都陈旧，一切都见过，哪怕是将要看见的。因为，我们越是思考一件事，思考着，就将其改变，我们从来不将它转变成非冥思本质的东西。于是产生对生活的渴望，不以知识来认识，只以感官来思考，或者，思想的时候，好像是用触觉敏感地感受到，在所思考的对象的内部，就好像我们是水，它是海绵。于是我们也有我们的夜，所有感情的疲倦，沉浸在，本身已经是深沉的，思想的情感里。可那是一个没有休憩的夜，没有月光，没有星星，一个仿佛是一切都翻过来的，反面的夜——无限变成内部的缩紧的，天空由陌生衣服黑色的衬里做成。

是的，更值得，总是更值得当一个，人类蛞蝓，爱而不知，一条水蛭，恶心而不自知。像生命一样无知！像忘记一样感觉！远逝的海船白绿色的航迹，古老的舷窗像眼睛，高高的船舵像鼻子，吐出冰冷的唾沫，何等消逝的场景！

## 梦想者就是行动的人

一小片田园景色，在郊区的一堵墙之上，比整个的旅行给别人的自由感，更完全地解放我。全部视觉点，就是一座倒置的金字塔的峰尖，它的基部是无可确定的。

曾有个时期，我对那些今天让我笑的东西，非常气愤。其中的一件，我记得几乎是每天，就是在生活中日常而活跃的人们的那种执着，嘲笑诗人和艺术家。他们这样做也不总是，像报纸上面的思想家相信的那样，带着高人一等的神情。许多时候，带着一种亲切。但总是好像某人在哄一个孩子，一个对生活的确定和准确不识时务的人。

从前，这叫我怒从中起，因为，就像那些天真的人们，而我那时很天真，我认为，对关注梦、说梦的人的那种微笑，是他们内心优越感的流露。仅仅是冷漠的响动。而，如果说从前我把这种嘲笑看成是一种辱骂，因为意味着一种优越感，今天，我认为是无意识的怀疑；如同成年人许多时候，承认孩子有着比自己更加敏锐的洞察力，对我们这些做梦和说梦的人，就这样来承认我们有某种不同的，他们当作怪事来怀疑的东西。我愿意相信，许多时候，他们之中最聪明的人，朦胧地窥见我们的优越之处；于是便优越地嘲笑，来掩饰窥见了它。

可是我们的这个优越性，并非是那种如此多的梦想者认为的，如优越性本身。梦想者不因为梦高于现实而优越于活跃的人。梦想者的优越性在于梦是比活着更加具有实践性，在梦里，梦想者从生活中提取一种比行动的人更广泛、更多样的快感。

用更明确更直接的话来说，梦想者就是行动的人。

因为生命本质上是一种头脑状态，而一切，我们所做的和所思想的一切，是在我们想它是有效之程度上对我们有效，价值的评定取决于我们。梦想者是一个发行货币的人，而货币在精神的城市流通，方式如在现实城市里一样。我灵魂的纸币永远兑换不成金子，有何关系，如果在生活的虚构的炼金术中从来就没有黄金？在我们所有人之后，洪水滔天，可是只是在我们所有人之后。那些人才是最好的，最幸福的，他们承认所有的虚构，在给他们写好小说之前就实践小说，就像马基雅弗利（意大利哲学家，近代政治学之父），穿着朝服，为了偷偷地写得更好。

## 生活，就是做另一个人

生活，就是做另一个人。倘若今天的感觉和昨天的感觉一样，那么连感觉都不可能：感觉今天和昨天一样，不是感觉——是今天回忆起昨天所感觉的，所以今天是昨天失去的生命的活死尸。

从一天到另一天，把黑板上的一切擦掉，每个新的清晨我们都是新的人，情感永远是崭新的——这，只有这，才值得是，或值得有，为了做不完美的我们，拥有我们的不完美。

这个早晨是世界上的第一个早晨。从来没有像这样过，黄里泛白透着粉红的温暖的颜色这样栖息在脸上，面对着西边的一大片房屋，西边那一片房屋，像长着许多玻璃的眼睛，看着升起的晨曦中的寂静。从来没有这段时光，也没有这道光明，也没有我这个存在。明天的将是另一个事物，我所看见的，将是用重新组合的眼睛所见，充满一种新的视像。

城市的高山！伟大的建筑艺术在陡峭的山崖上稳稳矗立，显得更加雄伟，建筑多样性的滑坡，光线编织阴影和灼烧——你就是今天，你就是我，因为我看见你，你才是黎明（？）我从一艘船的船舷爱你，仿佛另一艘海船经过另一艘船，给人以风景里一种陌生的思念。

## 我总是活在当下

我总是活在当下。未来，我不认识它；过去，我已经没有了。在我看来，未来仿佛有无限可能性，过去已如虚无的现实。我既没有希望，也没有怀念。回顾我至今的经历——那么多次，那样的与我的愿望相违——我就能设想出我明天的生活，难道会是我没想到的，不想要的，在我外部发生的，甚至会通过我的意志来发生？我的过去，都没有一件现在想起来，有重复它的徒然的愿望。从来我就不是别的，而是我的痕迹和幻影。我的过去是一切我所不能成功的。就连对过去时光的感受我都不留恋：所感觉的要求有那个时刻；过了这一刻，就翻了篇，故事继续，但文字不。

一株城市的树的暂瞬阴影，忧郁的池塘水流轻落的声音，普通草地的绿色——几乎是黄昏中的公共花园——你们，在此刻，对我来说就是整座宇宙，因为你们就是我意识感受的充分内容。对生活我不想要得更多，不过就是感觉它消逝在这样的预想不到的傍晚，在别人的孩子们花园里游戏的声音中，这样围着铁栏的花园，这些忧郁的围绕着花园的街道，高大的树木茂密的枝叶，树冠的外面，古老的天空星星重新闪亮。

# 如果我为一切伤感

夜晚，我在散步，在孤独的海边，延续了不知多少小时，持续的无关联的时刻。所有的，让人类活着的思想，所有的，让人类放弃生活的激情，都穿过我的头脑，仿佛历史黑暗的概括，在我那海边行走的思考中。

我身中，对自己，忍受着一切时代的期望之苦，所有时代的不安和我一起散步，在听到的海边。那些人们想做未曾做到的，那些人们不顾一切去做的，那些灵魂所曾是却谁也不去说的——从这一切，形成了敏感的，我用来在夜晚海边散步的灵魂。那些事，怀疑对方有艳遇，妻子隐瞒，丈夫总是说那人就情夫，母亲想着一个她没有过的儿子，那不过只是一个微笑、或者是一个机会，是那个时间，不是那次，或许是缺少了点激情——所有这一切，在我海边的散步中，和我去，和我来，汹涌的狂涛巨浪，陪伴我，令人安睡。

我们乃我们所不是者，人生短暂而悲哀。夜晚海浪声是夜的声；多少人在灵魂中听见它，就像不断的希望，在黑暗里粉碎，发出泡沫深沉的闷响！获得了的人们，流了多少泪！成功了的人们，失了多少泪！而这一切，在海边的散步中，都是夜的深渊对我倾诉的秘密。我们有多少事！我们犯了多少错！什么大海在我们身中咆哮，在我们所是的夜，在我们感觉到的，激情汹涌的海滩！

那所失却的，那本该喜欢过的，那曾获得的和因错而满足的，我们爱过了而失去的，在失去以后我们看到未曾爱过的却因失去而爱的；当我们感觉时我们以为在想的；那曾是回忆的，却被我们创造成激情的；而整座大海，从那儿，喧嚣，清爽，从整个夜的巨大深处而来，在海滩上细碎奔腾，在我海边夜晚散步的过程……

谁知道他到底想什么，要什么，欲望什么？谁知道对他自己是什么？音乐提示着多少事，而我们清楚地知道是不可能！夜回忆起多少事，我们哭泣，从来未曾做到！海浪翻卷着，破碎，寒冷，就像从横躺的平静中发出的嗓音，在看不见的海滩之外有听得见的唾沫声。

如果我为一切伤感，会怎样死！我会多么伤感，如果我这样漫游，无形地，非人类地，带着像海滩一样静止的心，带着整个大海的一切，在我们生活的夜，惊涛拍岸，讥讽嘲笑，冷冷冰冰，在我永恒夜间的海边散步！

# 每个人都有他的酒精

当我睡觉做了许多梦，来到街上，睁着眼睛，依然带着那些梦的痕迹和梦的确信。我为别人不知道我的那种自动性而惊异。因为我穿过日常生活，不松开星星阿姨牵着我的手，我在街上的脚步协调并符合熟睡的想象暗中的指引。在街上，我的脚步稳而准，不磕绊，反应得很好。

可是，当有一个间歇，我不必注意行走的路线，以避开车辆或阻碍行人，当我不必和某人说话，近处的一个大门也不令我犯愁，我会重新放逐在梦的水中，像一只折叠成尖角的纸船，重新返回幽幽的幻象中，早晨的朦胧意识，从卖菜车的声音中升起，给我抚慰。

于是，明明是在生活中，却像是在梦里的巨大的电影院。我走在一条低区的非现实的街道，不是生活的现实，亲切地，给我的头上系上一块虚假的怀旧的白布。我是个自己不熟悉的航海者。在我从未到过的地方战胜了一切。新起了一阵微风，让我能似睡非睡地向前走，弓身前倾走在不可能之上。

每个人都有他的酒精。我在存在上有足够的酒精。自我感觉而醺醉，我流浪，走得沉稳。如果到了钟点，我像任何一个人那样回到办公室里。如果不到时间，我一直走到河边，注视河水，像任何一个别人。我是一样的人。在这一切之后，我的天空，悄悄地繁星闪闪，有我的无穷。

## 生活就是不思想

我们从来不爱谁。我们仅仅只爱我们对某人的想法。是我们的一种观念——总之，我们所爱的——是我们自己。

这是所有层次的爱中的真相。在性爱中，我们寻求一种由一个陌生的身体为媒介的快感。在不同于性爱的爱情中，我们寻求一种由一个我们的想法为媒介的快感。自慰者虽可悲，可是他活得真实，是情感逻辑的完美表达。他是唯一不伪装，不自欺欺人的。

一个灵魂与另一个灵魂间的关系，通过像普通词语和使用的手势表情，如此不确定而歧义的东西，是复杂而错误的东西。两个人说“我爱你”，或以交换来想或来感觉爱情，而每个人所要说的是不同的想法，不同的生活，甚至，也许，是不同的颜色，不同的芳香，构成灵魂活动印象的抽象的综合。

今天我十分清醒，仿佛不存在。我的思想清晰得像一具骨架，不带一丝表达的幻觉。这些思考，我所形成又遗弃的，并非生发于任何事物——至少，不在我意识的看台上。也许是那个市场推销员和他的姑娘的失望，也许是读到的报纸转载的外国爱情故事的语句，甚至也许是我随身携带的，我无法在身体上解释的，一种朦胧的恶心……

维吉尔（古罗马诗人）的注释者说得不好。可以理解，我们尤其是厌倦。生活就是不思想。

## 我回到了唯一的真理，那就是文学

嗅觉是一种奇怪的视像。通过潜意识的突然的描绘，唤起感情的风景。好多次我感觉到这样。我经过一条街道。什么也没看见，或不如说，看着一切，如所有的人看见的那样。我知道是在一条街道上走，却不知道它的存在，路两边是人类建筑的不同的房屋。我走过一条街道。从一家面包店飘出一股面包味儿，因为甜腻而恶心：我的童年从遥远的某个小区耸立起来，另一家面包店从那个仙女的王国显现，那是我们所死去的一切。我走过一条街道。突然飘来狭窄的水果店斜摆在托盘里的水果气味；我短暂的乡村生活，已经想不起来是什么地方，什么时候，无可争辩的童年心，最后的平静中，浮现出果树。我走过一条街道。我意想不到地，变成了新钉的木箱的气味：是我的塞萨里奥（葡萄牙作家、诗人），你出现了，我终于幸福了，因为，从回忆中，我回到了唯一的真理，那就是文学。

## 写作是蔑视自己

当我写完某种作品，总是惊惧。惊惧并感觉凄凉。我完美的本能本应该禁止我写完；本应就禁止我着手写。可是我一分心，就写了。我所做成的是一件产品，在我看来，不是一种意志的运用，而是意志的退让。我开始是因为没有力量去思考；我写完是因为没有灵魂来中断。这本书是我的怯懦。

那么多次我用一个风景的片段打断思想，以某种方式整合进我的文章结构，真实的或假设的，我印象的结构里，道理就在于那个风景是一道门，让我从那里逃避去认识我创造力的无能。在形成这本书文句的，我与自己的对话中，我突然有和另一个人说话的需要，我转向盘旋的光，就如此刻，盘旋在房子的，因为有光在一侧，好像是被弄湿的屋顶上；对着高大的，好像很近的，在城市的山坡上轻轻摇晃的树木，有种无声倾诉的可能性；对着陡峭房屋上贴着的重重叠叠的海报，死气沉沉的阳光给窗上刷字母的潮湿胶水镀上金光。

如果不能写得更好，我为什么要写？可如果，就因为低于我在这上面的水平而我不写下我所能写的，我又将是什么？我是一个有雄心的平民，因为我企图自我实现；像一个人害怕黑屋子，我害怕寂静。我像那些比起努力，更看重奖章、享受皮草的荣耀的人。

对我，写作是蔑视自己；可是我不能放弃写作。写作就像我厌恶却吸食的毒品，我鄙夷却活在里面的恶习。有必需的毒药，有微妙之极的毒药，由灵魂的成分配置而成，在梦的废墟的角落采来的毒草，在坟墓脚下发现的黑色的罂粟花（……），灵魂地狱的河岸边听见的，招摇淫荡的树的婀娜的枝叶。

是的，写作是迷失自己，可是所有人都迷失，因为一切都是失去。然而我迷失的没有快乐，并非像一条河消失在当初就莫名其妙地为此而生的河口，而是如同海滩上因涨潮所形成的一座湖，它失踪的水，永远不再返回大海。

## 城市在我充满思恋的眼前延展

模糊地，静悄悄地，城市在我充满思恋的眼前延展。

房屋高高低低，蜷缩在一起，月光，像有不确定斑痕的螺钿，和那片房屋混乱凝滞的阴影相碰撞。有屋顶，夜色，窗牖，中世纪。周围不必有什么。在所看见的之上，盘旋着一抹遥远的微弱的光亮。在我所看见的之上，有树木黑色的树枝，在我被说服的心里，有整座城市的睡梦。月光下的里斯本和我明天的疲惫！

多美的夜！真令人产生对世界细节的陶醉，对我来说，是从未体验过的，月光的时刻所突出出来的，没有比这更佳的状态或旋律了。

我在睡，没有微风，没有人，打断我的无思。我睡，就像有生命一样的方式。只是感觉在眼皮上，好像有什么东西使它们发沉。我听见自己的呼吸。我睡着还是醒着？

我向住处移动脚步，感觉像铅一样沉重。被涂抹掉的轻抚，徒然开放的花，我从未发声的名字，街道两边如河岸，中间流动着我的不安，放弃了责任的特权，在古老公园的最后一个拐角，另一个世纪，仿佛是梦里的玫瑰园。

## 像一个生了气的道别

在那些时刻，就像雷雨在做着准备，街上有断续的高声说话的嘈杂。

街道上强烈而苍白的光起了褶皱，肮脏的黑暗在发抖，整个世界，从东到西，一声巨响，坍塌轰鸣的回音……粗野苦涩、悲伤的雨让天空更加黑暗，紧密的丑陋。冷的，温的，热的——全都在同一时间——到处的空气都是错的。紧接着，在宽敞的大厅，一根金属的光的楔子在人们藏身之处劈开一道裂缝，以冰冻的突袭，一块巨石的响声砸在所有的地方，破碎成唯一的巨大的宁静。雨声减小，就像重量轻些的嗓音。然后增长起来，唯有纯粹的惊魂未定。街上的嘈杂痛苦地减少下来。一道新的闪光，迅速而发黄，覆盖在无声的黑暗上边，可是此刻有一个呼吸的可能性，天的另一边，突然传来震荡而颤抖的声音的拳头砸下之前，像一个生了气的道别，雷雨骤然就转移向别处。

……拖长的结束的低语声，天光渐渐增长，没有了闪电，雷雨的恐怖在辽阔的远处平息下来，——在阿尔玛达（里斯本特茹河对岸的城市）滚动。

突然一道可怕的巨大的亮光，支离破碎。在头脑和思想中炸响。一切迟疑。心都停止了一刻。所有人都是非常敏感的。寂静降落下来仿佛死了人。越来越大的雨声像眼泪解脱一切。铅一样沉甸甸。

# 忧伤的雨是快乐的

就像一个黑色希望，某种更提前之物在盘旋：那雨似乎在恐吓；环境里有一种听不见的黑暗的沉寂。突然间，一声呐喊，庞大的天，就破碎了。一道地狱的寒光访问了一切的内容，填满了大脑和角落。惊呆了一切。重量从一切落下，因为打击已经过去。忧伤的雨是快乐的，带着它粗野、卑贱的喧嚣。无意中，心在感觉，思想一阵晕眩。办公室里正在形成一种朦胧的信仰。谁都不是从前的人，老板瓦斯科斯出现在经理室门口，思考着，要说什么。莫雷拉笑了，他脸的边缘还残留着突然惊吓的蜡黄。他的笑容在说，毫无疑问，下一个霹雳应该更远一些。一辆快运马车遏止住街上的喧嚣。电话铃非自愿地响起。老板瓦斯科斯不是转身回他的办公室，而是冲着大厅的电话机走去。办公大厅出现一种期待的寂静，雨下得像梦魇。老板瓦斯科斯没有接电话，它已经不再响。小伙计向房间深处挪动一下，像是什么碍事的东西。

一种巨大的快乐，充满休憩与释放，让我们所有人一阵忙乱。我们工作的半昏半沉，舒适地，社群地，自然地丰产。那个小伙计，没有人跟他说什么，把窗子大大敞开，某种清新的东西的气味，夹着水的空气，冲进大厅，雨，轻了，谦卑地下着。街上持续同样的声音，已有所不同。听见车夫的吆喝声，的确是人的。清晰地，在旁边街上，有轨电车的铃铛，也与我们有交流。哪里的小孩子的笑声，在清新的空气中，像金丝雀。轻轻的雨，更小了。

六点，下班。老板瓦斯科斯从半掩的屏风说“你们能走了”，说的好像是商业祝福。我立即站起来，合上账本，整理好。将钢笔显眼地架在墨水瓶的凹陷处。走到莫雷拉前面，对他说了句充满希望的“明天见”，和他握手，仿佛是受了什么巨大的恩惠。

# 耸耸肩

通常，我们对未知事物的想法，加上我们已知的概念，如果我们把死亡称作长眠，因为从外部看像睡眠；如果我们把死亡叫做新生，因为好像一个与生活不同的东西。以小小的对现实的错误理解，我们筑造信仰和希望，我们以面包为食，却称之为蛋糕，就像穷孩子玩耍着得到幸福。

可是这就是整个人生；至少，那种特别的、普遍称之为文明的生活的系统，是这样。文明就是给任何事物一个它所不相称的名字，然后梦想着效果。而实际上，虚假的名字和真正的梦，创造出新的现实。事物实际上变成了另一个东西，因为我们将其变成了另一个。我们生产现实。原料继续是同一个，可是形状，艺术所给它的，实际的效果，让它与材料远不是同一件东西。一张松木桌，是松木，但是也是桌子。我们坐在桌子前，而不是坐在松树前。爱是性本能，然而，我们不以性本能而爱，却以另一种感情为前提。而那种前提则实际上，真的是另一种感情。

我不知，是何种微妙的效果，光的，或模糊的声音的，或对香水的，或音乐的记忆，或不知何谓的外界影响的触动，在大街上走着走着突然地，给我带来这些遐想，让我坐在咖啡桌前，不紧不慢，心不在焉地写下来。我不知向哪里引导我的思想，或更愿意将思想引向何处。天是那种潮湿闷热的薄雾，忧伤而不阴森，单调而没有理由。某种我未曾感受过的感觉令我痛苦；我不知对什么事缺少论据；我提不起精神，我潜意识里有种忧伤。我写下这几行文字，的确是写得不好，不是为了说这些，也不是为了说什么，而是为了给我的心不在焉一些事情做。我用秃铅笔，我没有去削尖它的心思，以软弱无力的笔道，慢慢地写满了包三明治的白纸，咖啡馆给我的白纸，因为我不需要更好的纸，什么纸都可以，只要是白纸。我就满足了。我仰靠着。傍晚单调地降临，没有雨，光线的调子颓唐而不确定……我停下笔，我不再写。

## 我不听，我在想别的东西

我就是这样，琐碎，敏感，能够猛烈和专注地冲动，好的和坏的，高贵的和下贱的，但是永远不是持久的一种情感，永远不是继续的一种激情，并深入到灵魂的实质里。我感受到的是一种，接下来事物的走向又是另一种：一种灵魂对它自己的不耐烦，就像对一个不懂世故的孩子；一种总是增长的、总是同样的不安。我对一切感兴趣但是什么又都抓不住我。我注意一切，总是梦见；我盯住和我说话的人最细微的脸部表情，我记住和我说的话一丝一毫的语调高低；可是听这些话的时候，我不听，我在想别的东西，从交谈中，我得到的最少的东西，是谈话所涉及的内容，我这方，和我同他说话的一方。这样，许多时候，我重复地对某人说已经重复的话，重新问他，他已经回答了我的问题；可是我能用四个角度镜头的语言，描写他对我说的我没记住的话时面部肌肉变化，或者他倾斜下眼睛来听，接收，我想不起来的，对他说过的话。我分成了两个，两个之间有着距离——不连在一起的连体兄弟。

## 人类是不完美的

我们崇尚完美，因为我们不能够得到；如果我们获得了它，就会厌弃它。完美是非人性的，因为人类是不完美的。

对天堂的无声憎怨——这欲望如同期待天堂有田地的不幸的穷光蛋。是的，不是抽象的陶醉，也不是绝对的奇观，能使一个有感觉的灵魂如醉如痴：是家，是山坡，是蓝色大海上绿色的海岛，是穿过树林的小路，和在祖先的庄园里漫漫度过的时光，哪怕是我们从来就没有过。如果在天上没有土地，那还不如没有天上。就让它一切是空，结束这没有情节的小说。

为了获得完美，就需要有超人的冷漠，于是就失去了用来爱这个完美本身的，人的心。

我们为伟大艺术家们趋向完美的张力而惊呆，欣喜若狂。我们爱慕他们趋近完美，然而我们所爱的，只是对完美的趋近。

## 什么也不要隶属

什么也不要隶属——不隶属于人，不隶属于爱情，不隶属于一种想法，具有那种遥远的独立性，即是不相信真理，也不，假使有真理，不相信真理知识的运用——这就是，在我看来，这就是那些人，他们并不是只生活而不思想，他们有内心的智性生活，对自己应该采取的态度。从属于——就是平庸。信仰，理想，女人或职业——所有这些都是监牢和手铐。存在即自由。野心本身是一种负担，它穿着所谓骄傲的外衣，如果我们懂得，它只是牵着我们的一根绳索，我们就不会为之骄傲。不！就连与我们自己的联系都不要！让我们摆脱自己如同摆脱别人。我们静观，而不沉迷，我们思想，而不做结论。我们生活，从众神解放，在我们的终极之站，刽子手给我们的娱乐的一刻小小间隙。明天我们就上断头台。如果不是明天，就是后天。在结束前我们在阳光下安闲地散步，是对目的和过程的自愿的愚昧无知。阳光将我们没有皱纹的前额镀上金色，清风对一个无欲之人是凉爽的。

我把笔扔在写字台，它顺着我工作的写字台的斜面滚回来，我没捉住。我突然感觉到一切。我很快乐，这表现在，我不感觉那个动作很猛烈。

## 那是一个秋天的下午

给每种情绪一个人格，给每个灵魂状态一个灵魂。

一大群姑娘，转过路上的拐角。一路唱着走过来，她们的声音是幸福的。我不知道她们是什么。我从远处听了一会儿，没有特殊的感情。心中涌起一阵对她们的伤感。

为她们的未来？为她们的无意识？不直接为她们或是……谁知道？兴许只是为了我自己。

斜坡通向磨坊，可是热情通向哪里呢？

那是一个秋天的下午，天空有变冷的、死亡的暑热，有被缓缓的云毯捂得透不过气的光线。

命运之神只给了我两样东西：一些账本，做梦的天赋。

## 如果我做梦，是因为我醒着

我听自己朗读我的诗句——那天为了消遣，我读自己的诗——对自己说，以自然法则的简明："您，这样，以另一副面孔，就是特迷人的家伙。""面孔"那个词，比它的内涵要多，从领口伸出，竖起来，我不认识的我自己。我在我房间的镜子里，看见我贫困中乞丐的可怜的脸；突然镜子一转，金匠街的光谱展开在我的面前，就像一个写字台的涅槃。

我的感觉敏锐到了一种我身不由己的病态的地步。另一个人患了这种病，我是他有病的那个部分，我真实的感觉，好像依赖于那个人更强烈的感觉的能力。我就像一种特殊的纺织品，或者，甚至是一个细胞，在它之上压着整个的肌体的责任。

如果我思索，是因为我思绪翩翩；如果我做梦，是因为我醒着。整个的那个我，自我裹缠在一起，没有办法理解存在。

## 我也是不完美的

有时候，看着我认识或熟悉的那么多人物的丰富文学作品，或至少，长篇和完整的大作，我心中不禁有些许模糊的嫉妒，一种不屑的钦佩，一种复杂感情的不协调的混合物。

写出某种完整无缺的东西，不论好还是坏——而且，如果说从来就不是完全的好，往往是不坏或完全坏——对，做成一件完整的东西，给我造成，也许，比起别的什么感情更多的是嫉妒。像一个儿子——像所有的人一样，他虽然不完美，可是，他毕竟是我们的儿子。

而我特有的批判精神，让我只看见缺陷，看不见别的，文章是我的女儿们，我不敢写更多的东西，只敢写一点点的片段，不存在的文章的摘录。所写的少许东西，我也是不完美的。

因此，那样更有价值，要么作品完整，哪怕不好，它在任何情况下都是件作品；要么就无言，灵魂的完全寂静，承认没有能力行动。

## 只有一次我是真正被爱

只有一次我是真正被爱。我总是得到，同情心，好感，所有人都对我有好感。哪怕是偶然相遇的人，都不容易对我不礼貌，或者粗野，甚至冷淡。他们的一些同情心，由于得到我的帮助，很可能——至少也许——会转化成爱情或好感。我从来没有精神上的耐心或注意力哪怕是想试一试这种努力。

最初观察到自身有这种情形，我认为——我们是如此地不认识自己——我的灵魂这种情况里有一种胆怯。可是后来我发现没有；有一种情感的厌倦，与生活的厌倦不同，一种对联系某种持续的感情的不耐烦，尤其是当这种情感需要持续不断地努力维持。图什么呢？那个不思想者在我身上想到。我有足够细致的敏感，我的心理触觉足够懂得该“怎样”；而却总是忽略“怎样的怎样”。我的意志的软弱总是从有意愿的意愿的软弱开始。就这样，对我发生在感情上，也发生在智慧上、意志上和生活的一切事情上。

然而那次，老天的恶作剧，让我真以为爱上了，而且真正被爱了，起初，我晕眩困惑，好像中了不能兑成钱的彩票。接着，我有点傲慢，因为是人就没有不如此的；然而，这种似乎特别自然的情感，很快就过去了。接之而来的是意志很难定义的感觉，但是其中令人不快地突出的是厌倦、羞辱、疲惫的感受。

说厌倦，仿佛命运在未知的晚间给我强加夜班。厌倦，仿佛一种新的义务——一种可怕的相互责任——就似乎是命运带着讽刺给我一种特权，我折腾自己，还得为此感激命运。厌倦，仿佛生活不连贯的单调还不够，现在，再给它添加上确定的、感情义务性的单调。

说羞辱，是的，就是羞辱。花了一段时间我才察觉，产生了，为了它的原因，表面上看似毫无道理的一种感觉。被爱的爱，应该是对我出现。我应该很自负，有个人重视我的存在，把我当作可爱的人。可是，与这种真正短暂的骄傲同时，这其中我还没弄清是否惊讶的成分多于骄傲，是我从自己接受到的羞耻感。感觉是该授予别人的奖给了我——奖励，对，当然是该授给配得到它的人。

可是疲惫，尤其是疲惫——厌倦化成疲惫。于是我懂了夏多布里昂的一句话，我一直因为没有自己的经验而理解错了的一句话。夏多布里昂描写勒内时说，“因爱而厌”——on le fatiguaiten l' aimant。我惊讶地认识到，这代表一种与我一样的体验，其真理我没有权利否认。

被爱的疲惫，真正被爱的！我们成了他人感情疲惫的负担！把一个想自由的、永远自由的人，变成了一个小听差：他有回信的义务，有不远离的礼节，为了不被猜疑是个多情公子，尽量拒绝一个人类灵魂所能给他的。我们活得很累，变成一种绝对从属于他人感情的东西。让人疲惫的是，在所有的情况下，都必须有感觉，哪怕不是互相的，也必须得爱一点点！

离我而去，如其向我而来，那种阴影里的情节。今天，丝毫不剩，不论是我的智力里，还是我的感情里。没有给我带来任何不能从人生的规律中推断得出的经验，我心中自有本能的认知，因为我是人。都没有给到让我悲伤地回忆的快感，或是我同样以忧伤想起来的遗憾。给我的印象是在什么地方阅读到的东西，别人发生的事件，我读了一半的小说，另一半失败了，失不失败对我都无所谓。这个故事直到我读到之处，是确定了的，尽管没有什么意义，情节已经是那样，没有读的部分已经不能给它什么意义，不论小说的故事线索如何。

所剩唯有对爱我的人的感激。但那是一种抽象的、惊讶的、更是智性上的，我只遗憾有人因为我而遗憾，我遗憾的只是这个，别的无憾。我对某人曾经因为我的缘故而遗憾而感到怜惜；我是对此遗憾，而对别的没有遗憾。

生活并不自然会给我带来另一个有自然感情的相遇。我几乎希望它出现，好看一下这第二次我如何感觉，在第一次经验过后，我不说它已经过去，对我来说，对它的广泛分析，就是它的现实。可能感觉到得少，可能感觉到得多。命运若愿给，那就给。对于感情我有好奇心。对事实，无论是什么，我没有好奇心。

## 小说家是我们所有的人

文学是和思想结合的艺术，是现实没有污迹的实现，在我看来，是一切人类努力应该趋向的终点，假使是真正的人类，而不是动物的残余。我认为，讲述一件事，是保留它的美德，剔除它的恐怖。田野，在叙述中，比它的绿色度更浓郁。花朵，如果，在想象的空间，用文句描述它，就会有一种恒久的色彩，这恒久是细胞生命所得不到的。

运动是生活，讲述是生存。生活中没有任何现实的东西，不是因为对它描述得好而存在。小流派的批评家习惯指责某首诗歌，长长的节奏，说了归结到底，无非是说天气好。可是，描述好天气，并非易事，好天气，会流逝。因此我们必需把好天气保留在鲜花盛开和冗长的记忆中，这样，给空虚和瞬息即逝的田野盛开新的鲜花，给天空布满星辰。

对各个时代追随我们的人，我们是，我们将是，按照我们强烈想象所是的，这也就是说，我们将想象力装进身体，真正地实践的。我相信，历史，在它褪了色的全景，无非是各种解释的进程，漫不经心地见证的、混乱的共识。小说家是我们所有的人，当我们看到，就是做叙述，因为看，是像一切思维活动那样复杂。

此刻，我有那么多的基本思想，那么多真正形而上学的东西要讲。这又令我突然地厌倦，决定不再写，不再想，而让讲述的热情给我困意，我以闭上的双眼来庆祝一番，就像一只猫，对可能曾经说过的一切。

## 在光亮和无聊下我认不出自己

我重读，在一次那种无眠的困倦中，做无智慧的智力消遣，我重读一些书的稿页，全部搜集在一起，编成我不连贯的印象。里面对我升起，仿佛是某种熟悉的东西的气味，一种单调的荒凉的印象。我感觉，尽管当我说我总是不同的，我总是在说同样的事；我比我愿意承认的更加类似于我自己；总而言之，我既没有赢的快乐也没有输的激动。对自己，我不亏不赚，以一种不自愿的平衡，让我悲伤，无力。

我所写的一切都惨淡黯然。可以说，我的生活，即便是精神生活，就是一个幽幽的雨天，其中一切都没发生，是半明半暗的阴影，空有的天赋和忘记的理由。一块破碎的绸缎，让我忧伤。在光亮和无聊下我认不出自己。

我谦卑的努力，都不说我自己是谁，像一架神经的机器，记录下我主观和锐利的人生的些许印象，所有这些都像一只被人碰倒的水桶，把我变空，好像是水洒了满地。我用虚假的墨水生产我，结果是一个破烂帝国。我的心遥远地写在用另一个灵魂重读的这些纸页，我信任它经历的散文中的伟大事件。今天我的心对我好像是一台乡下的水泵，由本能安装，为工作操控。无风无浪，大海浅浅，我却翻船遇难。

我问，在这混乱、一系列不存在的事物的间隙，我问残存的意识，写满这么多纸页究竟有什么用，里面这么多我相信是属于我的句子，这么多我感觉如同想过的感受，这么多军队的旗帜和大纛，都是，说到底，沾满屋檐下乞丐女儿吐痰的纸。

我问残存的自己，这些无用的，注定是垃圾，或被盗用，在扔进被命运撕成碎纸之前就丢失的纸页，究竟为何而来。

我问，我继续。我写下提问，用新的句子把提问包起来，将其劈成新的感受。明天，我还会再写，接续写我愚蠢的书，写我对人生冷暖的无知的每日印象。

继续，如是。玩过多米诺，赢了游戏，或输了，骨牌倒下，结束的牌是黑的。

## 写作让我释然

在我卑鄙深邃的灵魂，日复一日，我记录下对形成自己意识的外部材料的印象。我将这些印象写成流浪的文字，从我一开始写，就独立于我，在形象的山坡和草地、概念的树行、困惑的窄路间游荡。这对我没有什么用，因为什么都对我没一点用。可是写作让我释然，就像一个人病虽没好，但呼吸顺畅些。

有的人，心不在焉地，在夹住一角的吸墨纸上用笔道，写下荒诞的名字。这些纸页是我对智力无意识的涂鸦。我在对自我感觉昏沉的时候，会信手涂鸦，就像一只猫在阳光里，重读它们，有时候，会有种迟来的模糊的讶异，仿佛是我想起来一件从来就没忘记的东西。

当我写，我庄重地访问自己。我有间特别的大厅，是别人在描绘的缝隙里记忆起的，在那里我愉悦，分析我所没有感觉到的，自我检查如一幅阴影里的画。

我，在出生之前，就失去我的古老城堡。在我去之前，我祖先的宫殿的挂毯就被卖掉了。我出生前，祖屋就荒废了，只是在有些时刻，当月光在我内心的河边的芦苇荡上升起，断壁残垣像脱落了牙齿，黑色的剪影投射在暗蓝发白的奶黄色的天空，有一种让我寒冷的思念。

我区别于斯芬克斯。那场景像从我思念的女王的膝间徒然掉落一片刺绣，我灵魂被遗忘的线球，滚动到嵌螺钿的写字台下面，我内心有什么东西，像眼睛，追踪着它，直到消失在坟墓和终结的巨大恐惧里。

## 有一种忧伤的平静

缓慢的，在外面缓慢的夜的月光里，风摇曳着让影子晃动的东西。也许不是别的，而是楼上晾在那儿的衣服，可是那影子，单凭它自己，看不出是衬衫，不可触摸地飘浮在同一切的无声的和谐里。

我把窗门敞开着，好醒得早些，可是直到此刻，夜已经那么深，什么也听不见，不能让我入睡，也不能清醒。月光在我房间的阴影之外，可是照不进窗里来。天色像是透明的银质的，对面建筑的屋顶，我从床上看过去，是发黑的白色液体，像是从高处对一个听不见的人的问候，在月亮坚硬的光里有一种忧伤的平静。

不看，不想，闭着眼睛，在已缺席的睡眠中，我思索用什么真正的语言能描写月光。古人会说月光是白色的，或如银的月光。可是月光的虚假白色可以是许多颜色。如果我从床上起身，在寒冷的玻璃后面看去，我知道，在隔离的高空中，月光是浅黄发蓝的灰白色；在各家的楼顶上，在从一座到另一座屋宇不平衡的黑色里，有时下面的房屋被镀上白黑色，有时在高处发红的栗色屋瓦上倾泻下无色之色。在街道深处，平静的深渊，那里裸露的石块不规则的光圆，除了一种蓝色没有其他颜色，或许是来自石块原来的灰色。地平线那边，几乎是暗蓝的，与深空的墨蓝不同。照到的窗户上，是黑黄色。

从床上这儿，如果我睁开我没有睡、而它们在睡的眼睛，看见空气有雪变成的颜色，飘浮着一丝丝温暖的珍珠色。如果我思索所感觉的，是一种厌倦，化成白色的影子，渐渐变暗，仿佛眼睛闭上了，对那分辨不清的白色。

## 很长时间了，我不是我

很长时间了，我没写东西。好几个月我不是活着，而是在办公室与生活琐事之间延续，凝滞在一种内心的思想和感觉。而这，不幸的是，没有休憩：在腐烂里有发酵。

很长时间了，我不但不写，而且我已不存在。我相信几乎没梦。街道对我是街道。在公司我意识里是为工作而工作，可是我并不是说没有心神恍惚：在我所做的事情后面，我不是在思考，而是在睡觉，然而，在工作背后，我总是另一个人。

很长时间了，我不是我。我安静极了。谁也辨别不出来我是谁。我现在呼吸感觉就好像是实践着什么新的，或者是延迟了的事物。我开始对有意识有了意识。也许明天我能自己醒来，恢复我自己存在的进程。我不知，是否，由于这，我将更幸福还是更不幸福。为什么都不知道。我抬起头，从闲步中，看见，在城堡的山坡上，对面的夕阳在几十扇窗里燃烧，冷的火焰冲天。在那些火光严厉的眼睛周围，整座山冈在日暮之中显得柔和。我变得感觉不那么忧伤了，生了这种意识，我的忧伤，此刻与经过的电车突然的声音——我用听觉看见——青年人交谈偶然的声音，活生生的城市被遗忘的低语，交叉在一起。

很长时间了，我不是我。

## 像来到一块空地

下了这些天的雨之后，天空又重新带来藏在高高的巨大空间里的蓝色。街巷间，沉睡的积水像田野里的水洼，明亮的快乐在高处冷却下来，一种反差，使肮脏的街道变得舒适宜人，冬天好天气的天空有一丝春意。星期日，我无事可做。连梦都不想做，天气是那么好。我享受这好时光，以被智慧遗弃的感官的真诚。我散步，像个没老婆的推销员。我感觉自己老，只是为了得到青春恢复的快感。

宽阔的多明各广场有这一天另一类庄严的运动。圣多明各修道院正做完弥撒，要开始另一场。我看见一些人走出来，另一些还没入场，间或有等人的人看不见他们等的人出来。

所有这些事情，都不重要。如人生中普遍的事情，一场神秘的睡梦，像一个传令官，已经告诉他去哪里，从城垛看向我沉思的平原。

从前，还是孩子，我就去做这个弥撒，或者没准是另一个，可是应该就是这个。我以应有的意识穿上我唯一最好的礼服，我享受一切——甚至没有道理享受的。我生活在外部，套装干净，崭新。还要什么，一个一点也不知道他必然会死的人，由他妈妈牵着手？

从前，我喜欢所有这些，然而，只是现在，也许，我才懂得所喜欢的一切。我去弥撒像进入一个巨大的秘境，走出弥撒，像来到一块空地。真正的情形就是如此，现在依旧真正是如此。只有不相信的人，有成年的身体的人，回忆和哭泣的灵魂，才是虚构，是精神失常，是思维混乱，是坟墓。

是的，如果我不能回忆起曾经的我，现在的我就受不了。这个不相干的人群依旧持续地从弥撒出来，这开始到来的，可能去参加另一场弥撒的人群——所有这些，都像一条条的船，经过我，这条缓缓的河，岸边，耸立着我的家，关闭的窗下经过的船。

回忆，星期日，弥撒，曾经历过的快乐，留住了的，因为逝去了的，时间的奇迹，永远忘不掉，因为是我的曾经……正常感受的荒诞的对角线，广场上突然出现的声音，在汽车的车轮子喧嚣的寂静中响起，以某种方式，由于一种时间的物质的悖论，今天依旧存在，就在此处，在我今所是与我所失去者之间，在我称之为我的间隙……

# 像我一样卑微的人

当一个人越高大，就越要戒除别的东西。顶峰上只有人的位置，容不下别的。越是完美，就越完整；越完整，就越不似他人。

这是我在报纸上读到的关于一个杰出人物的，多重伟大生活的消息之后，产生的想法。他是美国的一个百万富翁，他什么都干过。他拥有一切贪图得到的——钱，感情，奉献，旅游，收藏。并非是钱能办到一切，而是伟大的磁力，以此获得巨大的财富，实际几乎一切都能办到。

当我把报纸放在咖啡桌上，已经在想，同样的情形，在他的势力所及，可以说那个市场推销员也一样，我多多少少认识的，每天在角落深处的桌子吃午饭，今天正在那里的推销员。所有百万富翁拥有的，这个人都有；档次要低些，当然，是对他那种地位高度相对而言。两个人得到同样的东西，在名望上都没有区别，因为其中环境的差异也确认身份。世界上没有人不知道美国百万富翁的名字，可是在里斯本市场也无人不晓在那里吃饭的那个人。

这些人，说到底，就是获得了伸手够得着的一切。他们之间的差别是手臂的长短不同而已，其余的都一样。我从来做不到对这类人心生妒忌。我一向以为，美德在于争取得到所不可及的，在于生活在所不在之处，在于死后比活着的时候更有活力，成功地做成某种艰难的事业，荒诞的事，战胜世界现实，将其当作一种障碍。

如果有人对我说，死后持续的快感就是空的，首先，我会回答，我不知道是不是这样，因为我不知道关于人类幸存的真相；然后，我会回答，未来的名声的快感就是当下的快感——声誉是未来的。

是一种骄傲的快感，无可相比，任何物质都给不了的快感。的确，这有可能是虚幻的，可是，随他怎样，比这里眼前的享受更丰富。美国百万富翁不能相信后人会欣赏他的诗作，因为他什么也写不出；市场推销员不能设想未来人们喜爱他的画作，因为他什么也没画。

可是我，在过场的人生中什么也不是，却能享受未来的视像，阅读着这页文章，因为我实际上写了它；我可以如同对自己的子女一样对我将有的声名而骄傲，因为，至少，我有用以获得名声。当我想到这些，我从桌子上站起，以内心的威严，我隐形的身躯，矗立在密歇根底特律，和整个里斯本广场之上。

然而，我发现我开始思考的并非是这些感慨。我随即所想到的是生活中一个人不得不维持生计的那一点点问题。不论是做思考还是别的，因为全一样。光荣不是一块奖牌，而是一枚硬币：一面是图案，另一面标着价值。大的价值没有硬币：它们是纸的，那价值总是微乎其微。

像我一样卑微的人们，就是以这些形而上学的心理学来自我安慰。

## 从未发生过的柔情

就像有人无聊找事干，有时候，我没什么可说的就写。一个无思的人迷失在遐想中，我以书写的方式迷失在其中，因为我会在散文中做梦。有许多真诚的情感，许多合法的激情，我从不在感觉中摄取出来。

有的时刻，感觉生活的空虚达到实在的东西的厚度。伟大的实干人物，那些圣人，因为他们以全部的而不是部分的激情行动，那种生命不足道的情感引导向无穷。戴上黑夜和星星的花冠，涂抹上寂静和孤独的油膏。那些伟大的无为的人物，我谦卑地属于此列，同样的情感引向无穷小；抻拉着情感，像橡皮筋，为了看它的弹性虚假的持续性，上面的空隙。

这两者，在此种时刻，都爱睡眠，作为平庸的人，既不行动，也不停止行动，纯粹的人类普遍存在的反映。睡眠是与上帝融合，是涅槃，不论它是什么样的定义；睡觉是对感受的缓慢分析，不论是把这种分析当作灵魂的原子科学，还是把睡觉当作意志的音乐，当作单调的缓慢的猜字谜。

我写着，迁延在词语上，就像经过我不去看的橱窗，我留下的是半清不楚的含义，似是而非的表达，我把它视如充填物的颜色，我不去管它。我不知是何物混合展示的和谐。我摇晃着写作，像一个疯母亲摇着死孩子。

某一天我在这个世界里找到自己，我不知是哪一天，直到那个地方，显然自从我出生，就获得无感觉。如果我问，当初我在哪里，所有人都欺骗我，所有人都相互矛盾。如果我要求人们告诉我，该做什么，所有人都对我说假话，每个人对我说他的一套。如果，不知不觉地，我停在路上，所有人都惊讶我不继续向谁也不知道那儿有什么的地方走，或者不向后返回——我，在十字路口醒来的人，不知道从何而来。我见自己在舞台中却不知道演的什么角色，别的人都立刻说，他们也不知道是什么角色。我看见自己穿着侍从的礼服，手里拿着要传递的函件，却不给我女王。别人都说没有给女王是我的错。当我跟他们说是一张白纸没有字，他们都笑我。我都不知道他们笑我是因为所有的纸页都是白的，还是因为所有的信息都是猜的。

最后，我坐在十字路口的石头上，像坐在我缺少的壁炉前。我开始，孤自一人，用人们给我的谎言叠纸船。谁也不愿意相信我，都把我当成个骗子，没有湖水来验证一下我的真理。

悠闲的失却的词语，零散的比喻，朦胧的痛苦在阴影里连成串……我不知在何处偶然度过的更美好的时光痕迹，关闭灯盏，熄灭光的记忆，在黑暗中闪烁金光……说出的话语，不是对风，而是对地面，从没有攥紧的手指间落下，像枯叶，从不可见的巨大的树上飘落……对别人庄园池塘的思念……从未发生过的柔情……

活着！活着！或许至少怀疑在普洛塞庇娜（冥王之妻）的花园里，能睡一个好觉。

## 真正灵魂的旅行者

我认识的有真正灵魂的唯一旅行者，是我从前工作过的另一家公司的小伙子。这个年轻人收藏城市、国家和运输公司的宣传册。他有许多地图——有的是从期刊上撕下来的，还有的是从各处淘换的——有报纸和杂志的文章，风景插图，异域风俗的版画，大小船只的照片。他以假称的或许真有的公司名义去旅行社，很可能就用在那里工作的公司的名义，去要意大利旅行的介绍手册，去印度的手册，葡萄牙连接澳大利亚的旅行手册。

他不仅是最伟大的旅行家，真正的旅行家，而且也是我遇见过的最幸福的人之一。我遗憾不知道他的身世，或者，说实话，我仅仅是设想我应该遗憾，实际上我并不遗憾，因为，如今，十年过去，或者时间更长，关于我认识他的短暂时间，他应该是这么个人，愚蠢，负责任，也许结了婚，某种社会的支持者——最终，死于，在同样的生活里。他甚至有可能亲身去旅行过，他那么善于以灵魂去旅行。

我突然想起来：他准确地知道为什么铁路从巴黎通往布加勒斯特，因为铁路穿越英国，而且，通过怪诞名称的错误发音，有着伟大灵魂的确定光环。今天，是的，最终有一天，也许因老而死，如果回想起来，梦见波尔多比在波尔多登岸，更美好，更真实。

由此，或许这一切有着别的解释，而他仅仅是模仿着什么人。或许……对，我有时候觉得，考虑到孩子的智慧和成年人的愚蠢的可怕差别，我们在幼年时有守护神陪伴着，他们借给我们自己星界的智慧，而后来，带着怜惜，可能因为一种高深莫测的法律，像动物的母兽离开长大的幼崽，把我们，养肥了遗弃。这就是我们的命运。

## 最后的雨向南方散去

最后的雨向南方散去，只留下扫荡了积云的风，确定的阳光快乐成堆地返回到城市，在五颜六色建筑的高处窗口，伸出半长不短的木杆，在木杆绷紧的绳子上跳动着许多晾晒的白色衣物。

我也高兴起来，因为我存在。我从家里出来的伟大目的，说到底，那就是，准时到达办公室。可是，这一天，生活的紧张，添加进另一个美好的紧张。太阳从地球各地的经纬度，进入历书的黄道吉日。我感觉幸福，因为不能感觉不幸福。我放心地下楼来到街上，信心满满，因为，熟悉的办公室里面，总之肯定是熟悉的人。不要惊奇我感觉自由，却不知自由什么。银街路边摆放着的篮子里有售卖的香蕉，阳光下，是一种艳丽的黄色。

原来，有少许我就满足：停了雨，在这幸福的南城有阳光，更黄的香蕉因为有黑斑，卖香蕉的人正在说它，银街的便道，远处的特茹河，泛绿的金闪闪的蓝，宇宙系统这个有家的味道的角落。

总有一见我会再也看不见这些，而街边上的香蕉，精明的女商贩的叫卖声，街道另一边的街角，伸着双手卖日报的报童，都会继续存在下去。我清楚，将是另一些香蕉，是另一些女小贩，那些报纸，对躬身正看它们的人，上面的日期不是今天的。可是，这些情形，香蕉，叫卖声，报纸，尽管已经是另外的，因为不生活，却更是延续持久，可我，因为活着，尽管是自己，却成了以往。

这会儿，我可以买香蕉，给这个时刻一种庄严，因为我觉得香蕉上放射出这一天的阳光，像没有源头的聚光灯。可是我对街上购物的仪式，象征，有一种羞耻感。能不给我把香蕉包好，我买得不像应有的规矩，因为我不懂应该如何在街上买香蕉。能觉得我询价的声音很奇怪。比起敢于生活，更值得写下来，即使生活无非就是在阳光下买香蕉，当阳光依然灿烂，且有香蕉卖……

以后吧，也许……是，下一次……再遇到，没准……我不知道……

# 奴役是生活的法律

我处在这样一天，一切的单调压抑着我，像一座监狱的大门。然而，都是单调，不是别的，而是我自己的单调。每张脸孔，哪怕是昨天我们还见了的面孔，今天都是另一副，因为今天不是昨天。每天都是它所在的一天，世界上永远没有另一个相同的一天。同一性只在我们的灵魂里——感觉到的，然而是虚假的，与自己的同一性——由此，一切相类似，一切简单化。世界是一种有不同的凸起和棱角的东西；可是如果我们是近视眼，就是一种不足和持续的迷雾。

我的欲望是逃离。逃离我熟悉的，逃离属于我的，逃离我爱的。我想出发——不是去不可能的印度，或者一切之南的巨大海岛，而是随便什么地方——乡村，荒无人烟——那里有着，不是此地。我不想再看见这些面孔，这些习惯，这些日子。我想让我有机地伪装、放任地休息。我想感觉睡眠到来如生活，而不是如休息。一座海边的草屋，一个洞穴，甚至，大山里粗糙的平台都能给我这些，不幸的是，只有我的意志不给我。

奴役是生活的法律，且没有别的法律，因为它必须履行，没有可能的反抗也找不到避难所。有的人生而为奴隶，有的人变成奴隶，而对另一些人奴隶制是给他们的。我们所有人对自由怯懦的爱——如果有了这自由，我们会奇怪，因为新，而拒绝它——这才是我们被奴隶制重压的真正迹象。我自己，刚刚说我想去到脱离这所有单调的地方如茅屋和山洞，这单调是对自己的，我会有勇气去那个茅屋或山洞吗？明知，由于理解，明知那种单调会跟随着我，因为它是我的。我自己，不论在哪儿，因为什么，我都郁闷，到哪儿去更畅快地呼吸，如果是因为我有肺病，而不是缺少空气让我呼吸？我自己，极度渴望纯洁的阳光和自由的田野，眺望大海和开阔的地平线，谁对我说他不奇怪那床，那食物，或者那必须下八段的楼梯来到街上，或者不进到街角的烟草店，或者不把好天气换成理发店的悠闲？

一切围绕我们的，都变成我们的一部分，渗透到我们肉体和生命的感受，庞大蜘蛛的黏液将我们微妙地和附近的事物粘连在一起，将我们绑缚在缓慢死亡的轻床，我们在上面随风摇摆。一切是我们，我们是一切；可是这有何用，如果一切是空？一缕阳光，突然的阴影告诉我们一片浮云的经过，凭空的一阵清风，风停时升起的寂静，然后是夜晚，从中浮现无意义的星星破碎的象形文字。

## 我的游荡如一场海难

一夜没睡好之后，所有的人都不喜欢我们。过去的一觉携带走了什么让我们变成人类的东西。有一种对我们潜在的愤怒，好像，就在围绕我们大自然的空气里。是我们自己，说到底，不支持我们，在我们与我们之间，展开一场无声的外交战。

今天我在街上拖着双脚和巨大的疲倦。我的灵魂被束紧成一缕线，我之所是，所曾是，就是我，忘记了他的名字。我是否有明天，我只知道没睡着觉，几个间隙的混乱在我的内心独白中留下巨大的寂静。

啊，别人的巨大公园，习惯里是那么多人的花园，我永远不会认识的人们美妙的林间道！我停滞在警醒中，像一个从来不敢多事的人，我所思考的像是从梦的结尾里醒来。

我是个寡妇的家，自我禁闭的修道院，胆小害怕，疑神疑鬼。我总是这样，在旁边的房间，是那些鬼影，我的周围有树木的巨大声响。我游荡，相遇；相遇，因为游荡。我的孩童的日子，你们穿着围嘴！

在所有这一切之中，我走在街上，像一片昏睡沉沉的、流浪的树叶。缓缓的风，将我从地上吹起，我游荡，好像晨曦的终结，在风景的显现中。我的眼睑沉重地压在拖行的双脚上。我想睡觉，因为我在走。我闭紧着的嘴唇就好像是被黏住了。我的游荡如一场海难。

是的，我没睡着，可是这样我感觉更好，我从来睡不着，也不睡。我真正在这种半灵魂状态、偶然而象征的永恒之中幻想。我幻想在这种象征的半灵魂的状态。一个人或是另一个人，瞧着我，好像认识我，觉得我很怪。我感觉眼睑扫过眼睛，也感觉到眼眶。我不想知道有世界。

我困倦，很困，全是困！

## 有更多的东西重生

破晓时分，这座城市被浓雾包裹。不像那阳光明媚时，渐增渐长的阳光给一座座接续的房屋，废除的空间，高低不平的大地和建筑，镀上金色。然而，到了上午早些时候，轻柔的薄雾已经稀少，如面纱之影的气息，不可描述地开始消退。十点左右，只有天空上一抹轻淡的似蓝非蓝，显示雾已经散去。

城市的面容在脱下面具后再次露出。仿佛打开了一扇窗，已明朗的天，亮起来。在一切的嘈杂声中有种轻微的变化。人们也出现了。就连街道上的石块和行人非个性的光晕里都暗示一种蓝色的色调。太阳暖暖的，可还是潮润的暖。雾，已经不存在的雾，隐身地过滤着阳光。

一座城市醒来，不论是在雾中还是以别的方式，总是比田野上朝霞初放更为柔情的东西。有更多的东西重生，有更多的期待，阳光并非仅仅是镀上金光，最初是暗淡的光，接着是潮湿的光，然后才是明亮的金光，草坪，显眼的灌木丛，掌形的树叶，阳光在窗子上多变的可能的效果，在墙上，在屋顶上——在那么多窗户上，在那么不同的墙壁上，在那么多样的屋顶上——多样的壮观的早晨，如此不同的现实。田野的朝霞让我快乐，城市的朝霞让我快乐又忧伤，所以比快乐更丰富，是的，因为给我带来的最大的希望，如所有的希望，里面有遥远的、令人思念的，非现实的苦涩。乡村的早晨它存在，城市的早晨它许诺。一个，让人生活；另一个让人思想。而我，总是感觉，像那些伟大的该被诅咒的人，比起活着，更值得思想。

## 除了巨大的寂静，什么也没有

不知道是否时日的终结，也能让我们徒然的痛苦终结，抑或，是否我们所在的，在半明半暗中是虚无的，除了巨大的寂静，什么也没有，没有野鸭落在湖上，那里芦苇丛僵直地立着，渐渐昏暗。什么都不知道，连童年故事的记忆都剩不下，海藻，也没有未来的天空迟到的抚爱，微风里星空中缓缓打开的模糊不明。不定地摇晃的许愿的灯烛，在已经无人的神庙，荒芜的庄园夕阳下凝滞的池塘，认不出往昔树干上镌刻的名字，不知名者的特权，像撕碎的纸，在刮起大风的路上飞散，偶然，有障碍物，把它们拦下来。别的人伏在别的人伏过的同一眼窗，那些忘记邪恶阴影的人睡着，怀念着没有的太阳；而我，敢于没有手势，将没有悔恨地结束，在浸在水里的芦苇丛，在附近的河与懒散的疲惫里滚一身泥泞，在傍晚的伟大秋光里，可能的天际内。而也许从这一切，像一声赤裸的痛苦的呼啸，我感觉自己的灵魂在遐思之后——在世界的黑暗里，一声深沉、纯粹、徒然的狼嚎。

## 我有某种总是做梦的义务

我从来就是一个有讽刺意味的梦想者，不忠于内心的承诺。我从来就享受，像别人或外国人，我的遐想的失败，是我的理想偶然的旁观者。我从未对我相信的那些给以信仰。我把手伸进沙子，称它为金子，我张开手，全都漏掉。句子是唯一的真理。说出了语句，一切就都做完；其他的都是沙，本来就是沙。

假使不是总做梦，在永久的神不守舍的生活里，能够把我叫做一个现实主义者，对此我心甘情愿，也就是，一个个体，对他，外部世界，是个独立的国家。可是我更愿意别给我命名，就当我所是的，带一点点晦涩，对我有那种我不懂怎么预见到的恶意。

我有某种总是做梦的义务，就是，仅仅是我自己的观众而已，我也不想是更多，我必须有力所能及的最佳演出。这样，我用黄金和丝绸，在假想的大厅，搭建我的虚假舞台，古老的布景，在柔和的灯光变幻和看不见的音乐之间创造我的梦。

我收藏着，在内心，像一个甜蜜的吻的记忆，对一场剧的童年记忆，发蓝月光下的布景，表现一个不可能的宫殿露台。周围画着宽阔的花园，我耗费灵魂去生活就像那些都是真实的。在我的生活经验的那个精神情景中，音乐温柔地奏响，那个场景把我带到真实的热情中。

那布景绝对翠蓝，月光如水。在舞台上，我记不得出现了谁，可是我在回忆起的风景照上演的剧目，出自魏尔伦和庇山耶（葡萄牙作家、诗人）的诗句；不是我那记不起来的景色，而是发生在活的剧场上的，是在那蓝色音乐的现实的这一边。那是我的，流动的，戴着巨大的面具的，月亮的，幕间的，渐渐淡去的银蓝。

然后，生活来了。那天晚上，带我去莱昂（里斯本的金狮酒家）吃夜宵。至今在我的怀念的味觉里还记得那里的牛排——牛排，我知道因为猜想，今天谁也做不出的，或我没吃到。一切都混合起来——遥远的童年，夜里可口的饭菜，月光的布景，未来的或当下的魏尔伦——在一个混乱的对角线，在一个虚假的空间，在我的曾经和我的现在之间。

# 没有另一种不是散文的艺术

比起诗歌，我更喜欢散文，从艺术方式上我有两个理由。其一，它是我的，我没有选择，因为我无能力写成诗句。其二，然而它也是所有人的，并非——我认为很好——前者的一个影子或伪装。因此很值得来对它做一个抽丝剥茧的分析，因为这触及到艺术的全部内在价值。

我认为诗句，是一种介于中间的东西，一种从音乐到散文的过渡。像音乐一样，诗句受节奏规律限制，尽管不是律诗那样的严格，存在法则，强制，自动结构这样的压迫和惩罚。在散文里我们自由地说话。我们可以嵌入诗的节奏，而却在节奏之外。一个偶然的诗句的节奏，不妨碍散文；而一个偶然的散文的节奏，会让诗句磕磕绊绊。

散文里包含所有的艺术——部分是因为在话语里容纳整个世界，部分是因为在自由语言里包含着所有的说与想的可能性。在散文里我们表达一切，通过诠释：颜色与形状，绘画只能直接地表现它们本身，没有内在的维度；音乐，只能在其中直接地表达，而没有形体，更没有那种第二形体，即思想；结构，建筑艺术的，必须用坚硬的、材料的、外部的东西来形成，而我们用节奏、犹豫、过程和流动，建造结构；现实，雕刻家必须留在世间的，没有光环，没有本质的嬗变；最后，诗歌，诗人如同秘密教派里的真师，是一个层级和礼仪的奴仆，哪怕是自愿的。

我十分相信，在一个完美的文明世界，没有另一种不是散文的艺术。我们把夕阳留给夕阳，只留意，在艺术上，从语言上理解它们，通过可被理解成色彩的音乐表达它们。我们不做人体雕刻，让形体保存自己，看得见，摸得着，是动态的浮雕，温暖，轻柔。我们造房子，只为了住在里面，房子原本就是为了住的。诗歌留给孩子们，为了让他们接近未来的散文；诗歌，肯定地说，是一种童稚的东西，帮助记忆的辅助和启蒙。

甚至一些小艺术，或者我们姑且可以这样称呼它们，也在散文中表现为喃喃细语。有舞蹈的散文，有歌唱的散文，有演讲的散文。有节奏的语言是芭蕾舞，里面思想婉转地裸露出来，有透明的完美的性感。散文中有痉挛的微妙，在其中，伟大的演员，圣言，有节奏地将宇宙不可触摸的神秘化成有形体的物质。

## 云，继续飘过

云……今天，我的意识里全是天空。因为许多天我不看天，可是感觉天，住在城市，而不是在包容了城市的大自然里。云……它们是今天的主要现实，我忧虑重重，就好像它们遮掩了天空，就像是我命运的最大危险之一。云……从沙洲到城堡，从西边到东边，混乱，零散，赤裸，有时候是白色的，在不知何谓的前锋零落破碎；另一些半黑色的，更迟疑，更缓慢，被听得见的风吹扫；有脏白色的黑云，就像要留住下来，从一片街区的分界线之间打开虚假的空间的街道，变得更黑，不是因为云的影子，而是因为云漫了过来。

云……我存在而不自知，我死亡而不自愿。我是间歇，在我存在和非存在之间，在梦和生活所迫之间，抽象的和肉体的媒介，在什么都不是的事物之间，我也什么都不是。云……多么不安，如果我感觉，多么不舒服，如果我思想，多么无用，如果我欲望！云……总是在飘过，一些非常庞大，似乎要占据整座天宇，因为房屋遮挡，看上去并不那么大。另一些，体积不确定，有可能是两块合起来的，或者一块裂成两块，贴靠在疲惫的天空，无意义地在高高的空气里；还有的，小块的云，像强大事物的玩具，荒诞的球赛不规则的球，只向一边，在巨大的孤立中，冰冷地存在。

云……我问自己，我不认识我自己。什么有用的我都没做，也没做情理之中的。我耗费了一部分生命，却没有丢失，用来解释了虚无缥缈的云。我写不可表达的感受的散文诗句，以此，把我的宇宙变得更加神秘莫测。我烦透了我自己，客观和主观上。我烦透了一切，彻头彻尾。云……一切，高空的拆解，今天只有它们是真实的，在空荡荡的大地和不存在的天空之间；我强加给它们的难以描述的无聊的碎絮；浓雾缺色的威胁；没有围墙的医院的脏原棉。云……就像我，在天地之间破灭的经过，任凭某种看不见的冲动的摆布，或电闪雷鸣，或沉默淡然，喜则白，怒则暗，间歇或歧途的虚构，远离地上的喧哗，又没有天空的寂静。云……继续飘过，总是继续飘过，永远继续飘过，如缕如絮，漫卷漫疏，在破碎虚假的天空扩散的延伸里。

## 谁把我从存在中拯救?

是的，是夕阳。我来到海关街路口，散漫地，当王宫开阔地展现在眼前，清晰地看见西边的天空没有太阳。那天空是浅绿到灰白之间，左边，河对岸的山峦之上，蜷缩积聚着一团栗色的雾，像死去的玫瑰。在抽象的秋天的空气中，冷冷地散漫着一种我没有的巨大平和。我感到痛苦，当没有那种朦胧的快感，猜想这平和存在。可是，实际上，没有平和亦非缺乏平和：天空而已，渐渐褪去一切色彩的天空——泛白的蓝，尚且发蓝的绿，惨白的灰在绿与蓝之间，遥远处云之色朦胧的色调与此不同，泛黄的暗淡，消退的红色。所有这些都在说出来的一刹那就灭绝的视像，在无何有与无何有之间的间隙，生翅的，高置的，在天空和愁绪的色调里，繁冗，无定义。

我伤感，忘却。一种思念，对所有的人，对一切，像冷空气的鸦片，侵入我的身体。我身上有一种观看的陶醉，私密的，假肢的。

在沙洲那边，日落之处，霞光越来越终结，在惨白中消失，化成冷绿的蓝色。空气中有种永远得不到的东西的麻木。天空的景色在高处沉默。

在这个时刻，我甚至感觉溢出，有想道出的整个恶意，来自命运的，自由任性的风格。可是不，只有高远的天空才是一切，在消逝，而我的情感，是那么多，那么复杂又混乱，无非是对那座虚无的天空的折射，在我心中的一座湖泊，——在僵硬的岩石之间幽隐的湖，无声的，死人眼神的，那时所静观和忘却的。

多少，多少次，像现在，我为感觉到所感觉的而忧郁，——只因是感觉，而像一种哀愁的感觉。所有的情感的夕阳，我淡化成黄色，在我的外部意识，灰色的忧伤。

啊，谁把我从存在中拯救？我想要的不是死亡，也不是生活：是另一种在渴望的深处闪亮的东西，像可能的钻石，在不能下去的一个洞穴里。是这个真实而不可能的宇宙，一个未名军队的天空战旗，这在虚构的空中渐渐苍白色调的，整个重量和全部哀愁。从其中，想象中的新月，从停着的电车的白色上升起来，它那遥远的，感觉不到的剪影。

这全都是缺少一个真正的神，是高高的天空和关闭的灵魂的一具空虚的尸体。无限的监牢——因为你是无穷的，不能逃离你！

## 我们相互理解，因为我们相互忽略

如果说，此生，有什么东西我们该感恩众神赐予我们的，除了生命本身，那便是我们的不认知：我们不认识自己，我们与他人不相互认识。人类的灵魂是黑暗的和黏液的深渊，一个世界的表面不熟悉的深井。谁都不认识谁，因为，假使认识，不会相爱，而这样，就没有虚荣，这是精神生活的血液，如果它衰弱，灵魂便虚弱地死去。没有人认识别的人，幸而不认识，假使认识了，就会在他身上认识到，哪怕是母亲，妻子或儿女，亲密的人，形而上学的敌人。

我们相互理解，因为我们相互忽略。那么多幸福的夫妻，如果能相互看透灵魂，会是怎样，如果能相互理解，像小说里写的，不知道他们说的话的危险——尽管是微不足道的危险。世界上所有的夫妻都是勉强的婚姻，因为每个人心里都藏着秘密，灵魂是个魔鬼，她愿望中的男人，有微妙的形象，不是这个人，他还在寻找，这个女人实现不了他对女人曼妙身材的追求；次幸福的不忽略这些追求，但是不承认，只是，在手势和言词偶然的表面上，一两次失意的冲动，一两次粗暴的迹象，呼唤出暗中的魔鬼，古代的夏娃，骑士和仙女。

人们所经历的生活，就是流动的不理解。是不存在的伟大与不可能有的幸福之间的快乐媒介。我们高高兴兴，因为，即使是思想和感觉，我们能不设想有灵魂的存在。在我们生活的面具舞会，有对服装的直觉就足矣，身在舞会便是一切。我们是光和色的奴隶，我们在舞会中就像是身在真理，对我们来说——除非我们，冷落一旁，不跳舞——都不知道外部夜的高处巨大的寒冷，不知道从一切给他残留的破布之下有死凡躯，孤自一人，我们以为还是本质的自我呢，可原来，无非是对我们假设的真理内心拙劣的模仿。

我们所做的或所说的一切，我们所想的或感觉的一切，都戴着同一个面具，穿着同一件化妆舞衣。不论我们怎样脱衣，永远也不成裸体，因为裸体是一种灵魂现象而不是褪去衣服。就这样，我们身体和灵魂都穿着衣服，穿着我们的重重服装，紧紧贴在我们身上，像鸟的羽毛，我们幸福或不幸地生活着，或者都不知道我们是什么，众神给我们的，为了让我们娱乐他们的短暂空间，像成年人眼底下的孩子，认真地玩着有规则的游戏。

我们之中的一两个人，摆脱或者受了诅咒，突然看见——可是直到这次稀有的机会看见——一切我们所是皆非，我们所肯定的全都错了，我们以为公正的结论都毫无道理。那个在短瞬间看到赤裸宇宙的人，讲说哲学，或歌颂宗教；哲学自说自话，宗教发出回响，相信哲学的人们把哲学当作自己看不见的衣服，信仰宗教的人们戴上它当作被忘记的面具。

人生就是一场舞会，我们既不认识自己，也不认识别人，因为我们快乐地相互理解，一圈圈跳舞，或在休息时聊天，人们，随便又认真，在星辰的伟大交响乐声里，在舞会组织者的轻蔑和漠不关心的眼神中。

只有他们，才知道我们是被他们造就的幻象中的囚徒。可是，什么是这个幻象的缘故，为什么会有这个或那个幻觉，抑或，为什么，也是幻象的他们，能让他们有给我们的幻象——这，肯定的是，他们自己也不清楚。

## 高等人与庸人的区别

许多人给人下过定义，普遍将其定义为与动物对立。因此，在人的定义中，常常使用这样的句子“人是一种……动物”，虚线处加一个形容词，或“人是一种动物，他怎么怎么……”，然后再说怎么怎么。“人是有病的动物。”卢梭说，一定程度上是真的。“人是理性动物。”教会说，部分上是对的。“人是使用工具的动物。”卡莱尔说，部分上是真理。可是这些定义，和其他相似的，总是不完美的、片面的。原因很简单：不容易将人和动物区分开来，没有可靠的标准将人区别于动物。人的生命以动物的生命一样的内心无意识度过。同样深层的法则，从外部统治动物的本能，也从外部，统治着，人的智慧，这种智慧，好像无非是又一种在形成中的本能，和所有的本能一样是那么的无意识，不怎么完美，因为尚未形成。

“一切来自非理性。”《希腊文集》说。而的确，一切来自非理性。在仅仅与死数字，和空洞的公式有关的数学之外，所以，可以是完美的、有逻辑的，科学无非是小孩子在黄昏的玩耍，一种想捉住鸟儿的影子，像抓住风中草的影子的游戏。

令人好生奇怪的是，很难找到真正区分人与动物的词语，却不难找到区分高级人和低级人的词语。

我永远忘不了海克尔，生物学家，那句话，我在智力的幼年读到的，当我阅读科学宣传和反对宗教的理由。那句话是，或者差不多是，这样：一个高等人（一个康德或歌德，我觉得他说）与庸人之间的距离，要远于庸人与猴子之间的差距。我永远忘不了这句话，因为它是真的。我属于少数的思想者之列，与洛莱斯（里斯本北方小城）的一个农夫之间的距离毫无疑问，要远比这些农民和（我已经不说猴子）一只猫或一条狗之间要大。我们中没有一个，从猫到我，实际上过着强加于他的，或者命运赐予他的生活，我们都是一样地从不知何谓派生出来，别人做出的手势的影子，轮回的众生，有感觉的结果。可是，在我与农夫之间，有一种性质的区别，来源于我身上存在抽象的思想和与世无争的情感；而在他与猫之间，除了有动物等级的差别，在精神上，没有其他不同。

高级的人区别于低级的人，和这种人的动物兄弟，由于简单的讽刺素质。讽刺，是变得对意识有了意识的第一个迹象。讽刺穿过两个阶段：苏格拉底所标志的阶段，他说“我只知我无所知”，和桑切斯（葡萄牙哲学家）所标志的阶段，他说“我都不知是否无所知”。第一步，到达了那一点，我们教条地怀疑自己，所有的高级人都可以，能达到。第二步，达到那一点，我们怀疑自己和自己的疑问，很少有人在短暂的人生中达到，人类，已然度过如此漫长的时代，看见太阳和夜晚，在大地的各个地方升升降降。

认识自己是犯错，神谕说“认识你自己”，是给你提出一件比赫拉克勒斯的伟业还要艰难的工作，比斯芬克斯之谜还要隐晦的难题。有意识地不认识自己，这才是出路。有意识地不认识自己，就是讽刺的积极运用。我不知道有什么比这更伟大，和人更特有的，真正伟大的东西，那就是我们自我不认同的耐心和有表达力的分析，对我们意识的、无意识的有意识地记录，自主的阴影的形而上学，幻想破灭的黄昏的诗。

可是，总是有某种东西让我们上当，总是有某种分析让我们愚笨，总是有真理，哪怕是假的，在另一个街角后面。就是这，比生活更令人劳累，当它疲倦，和对它的认知和思索，却永远不停止地令人疲惫。

我从椅子站起身，心不在焉地，倚靠在桌子上，我对自己讲述这些不规则的印象，自娱自乐。我站起来，从身体中站起，走到窗前，屋顶高处的窗，从那儿我能看见要睡去的城市，在缓缓初起的寂静里。月亮，好大好白，忧伤地阐述着房屋和街道的差别。月光仿佛冰冷地照见世界的全部奥秘。似乎揭示出一切，一切是阴影，混合着昏昏的光，虚假的间隙，荒诞的凸凹，可见者的不一致性。没有风，奥秘好像更大。我抽象的思想里有一种恶心。我永远不再写自我揭示的，或揭示什么东西的文字。一片轻轻的云，朦胧地徘徊在月亮之上，似一个藏身之穴。我不理她，就像这些屋顶。我失败，如整个大自然。

## 伪装就是爱

艺术，在于让别人感觉我们所感觉到的，在于让他们从自身解放出来，把我们的人格提供给他们，为了特殊的解放。我所感觉的，我感觉的真正本质，是绝对不可传达的，我的感觉越深刻，就越不可传达。所以，为了让我，能够把我感受的传达给别人，我就必须把我的感觉翻译成他的语言，亦即，像我所感觉到的那样说出那些东西来。他们，读着，和我所感觉的一模一样。由于这个别人，出于艺术假说，并非是这个或那个人，而是所有的人群，这就是说，那个与所有人共同的人，说到底，就是我必须要把我的情感转变成一种典型的人类情感，哪怕是败坏了我所感觉的东西的真正性质。

一切抽象的都是难以理解的，因为很难获得阅读它的人对它的注意力。因此，我会给出一个简单的例子，其中我所构筑的抽象具体化。假设，为了某种缘由，它可以是算账算得厌倦了，或百无聊赖，一种对生活茫然的悲愁降临在我身上，一种对自己的哀怨让我心烦意乱。如果我把这种情感翻译成在附近缠绕它的文句，我越是紧密地缠绕它，就越是我自己的，因此越不向他人传递。而，越是没有必要向他人传递，就越恰当，越容易感觉它，无需描写。

然而，假设我想向别人传达它，也就是，把它变成艺术，因为艺术是对他人传递我们内心与他们的认同；无此愿望，就没有沟通亦无必要这样做。我寻找什么是人类普遍的情绪，有我此刻感情的色彩、类型和方式，由于非人类的、特殊的，是一个疲惫的助理会计的，或一个心烦意乱里斯本人的理由。我发现，在平庸的灵魂，所产生的平庸情绪的类型，这种情形就是对失去童年的思念。

我有了这个题材的大门钥匙。我描写并哭泣我失去的童年；我动情地反复描写乡村老房子里人和家具的细节；我回忆那种没有权利和义务的幸福，因为不懂得思想和感觉而是自由的——这种回忆，如果做得好，作为散文和视像，就在我的读者心中准确地唤醒我所感到的情绪，和童年一点关系也没有。

我骗人？不，我理解。谎言，除了童稚和自发的，和尚且要做梦的意志，都仅仅是对他人实际存在的概念，让我们不能适应他的存在、我们的存在适应那种存在的需要。谎言简单地理解是灵魂的理想语言，就是，正如我们使用词语，一种荒诞的方式连贯起来的音节，为了以真实的语言来诠释出情感和思想最私密、最敏感的运动，词语必须是永远不能释译的，这样我们用谎言和虚构来相互理解，这是我们用恰当的、可达意的真话，所做不到的。

艺术说谎，因为是社交。只有两种伟大的艺术形式——一个是面向我们的灵魂深处，另一个是面向我们灵魂的注意力。第一种是诗，第二种是小说。第一种，在结构上就开始欺骗，第二种，其意图本身，就是欺骗。一种，谋求通过不同格律的行句，传递给我们真理，在干扰正常语言上做欺骗；另一种谋求通过一种我们大家都知道的从来没有过的现实，给我们真理。

伪装就是爱。我都从来没看见过一个优美的微笑，一个意会的眼神，不假思虑，突然地，不管是谁的眼神或微笑，比如那种，在灵魂深处，在他的脸上微笑或眼神，政治家要收买我们，或者妓女想要我们买她，可是，收买了我们的政治家，至少，他爱收买我们；

妓女，我们买她，至少，爱我们买她。我们逃不脱，哪怕是再想，普世之大爱。我们互相爱，谎言是我们交换的亲吻。

## 我几乎敢确信我从来没醒着

我几乎敢确信我从来没醒着。我不知道，是否当我生活着就不做梦，还是当我做梦着就不生活，或者是否梦与生活在我身上不是混合的，交替的，我的意识存在由其相互渗透构成。

有时候，完全是活得正欢，我那么样地明白自己和所有别的人，就会在我的设想里出现一种奇怪疑问的感受；我不知道是否我存在，我感觉很可能是别人的一场梦，觉得自己好像，几乎可能是一部小说里有血有肉的人物，我活跃在一种风格的长长起伏中，实际上是在漫长的叙述里。

我注意到，许多时候，某些小说人物对我们占有显要的位置，我们认识的人和朋友永远不能达到的位置，他们对我们说话，听我们诉说，在可见的真实生活里。而这让人梦里相问，这一切，是否这个世界的一切，都是一系列相间的不定的，梦和小说，像大盒子套小盒子——一些在另一些之中，而这些在另一些中——一切都是故事里的故事，像《一千零一夜》，在永恒的夜里虚假地发生。

如果是思索，一切好像是荒诞的，如果我感觉，全都好像是奇怪的；如果我有欲望，想要这是某种我身上的东西。只要我身上有行动，我认出那不是我。如果我做梦，好像别人在描写我。如果我感觉，好像是人们描绘我。如果我欲望，好像把我放在一辆车上，是像要发送的货物，我以一种运动向前行，觉得去一个，除非到了那里，我并不想去的地方。

一切怎么这么乱！看比想是多么的好，读比写是多么的好！我所看的，可以是欺骗我的，然而我不判断成是我的。我所阅读的，可能会让我悲伤，可是我不会为曾经写了它而懊恼。一切是多么令人痛心，假使我们思想，是作为有意识的思想，作为精神的灵物，他们察觉那种对意识的第二次发现，通过这种发现，我们知道我们知道，一切是多么的痛苦！虽然天气明媚，我不能不这样想……思想或感觉，或是什么搁置一边的情景中的第三者东西？黄昏，思维混乱，合上折扇，为曾经生活过的疲倦，百般无奈……

# 梦游者

一切都荒唐。有的人一生致力于赚钱攒起来，但是既没有儿女可继承钱财，又没有天堂帮他保存。有的人努力赢得声誉，却不相信死后能声名续存。还有的人耗尽精力去追求的东西，而实际上他并不喜欢。更有的人……

一个人为知识而阅读，却徒然。另一个为生活而享受，却枉然。

我乘着电车，慢慢地观察着，按照我的习惯，从我前面过去的人们的一切的细节。对我来说，细节就是事物、声音、语言。这个走在我前面的姑娘的裙子，我将其分解成做成它的布料，做工——就是，我看见连衣裙，而不是布料——勾画出脖子的部分，浅浅的刺绣镶边，对我，分开成了刺绣的丝线和当初刺绣的手工。立刻，像在一本初级的政治经济学的书，在我眼前展开工厂和劳动——生产纺织品的工厂，生产丝线的工厂，色调更深，在那个脖子边的位置，镶边的令人费解的小东西；我看见工厂的车间、机器、工人、缝纫女工，我的眼睛转向里面透进到办公室里，看见经理们力求安静，接着，我看见账簿，对一切核算一切；可是不仅仅是这些：我看见，在此之外，那些依靠这些工厂和办公室过社会生活的人的家庭生活……整个世界在我的眼前展开，只是因为在我的眼前，在一个褐色皮肤的脖子下，我不知是什么脸冲着另一边，在浅绿的连衣裙上普通的墨绿色不规则花边。

整个社会生活陈列在我的眼前（……）

远不止，我预感到爱情、秘密、灵魂、所有一切工作过的人们，为电车里我前面站着的这个女人，围绕她普通的颈项，一根墨绿色的丝线，无用地在一块不那么深绿的纺织品的边缘，平庸地蜿蜒。

我有点晕。电车的座位，一种结实的细草的织物，把我带到远方，成倍地幻化成工业，工人们，工人们的家，生活，现实，一切。

从车上下来，我筋疲力竭，一个梦游者。我活了整个人生。

## 面对伟大的升天

我平静地面对，除了灵魂上的一个微笑没有别的，总是把我的生活封闭在这条金匠街上，在这个办公室里，在这些人的氛围中。有个地方给我吃的、喝的，给我个地方住，在时间中有一点自由的空间来做梦、写作——睡觉——我还能向众神要什么？或者对命运期待更多什么？

我曾经有膨胀的野心和梦想——可是送货的小伙子或缝纫女也有梦想，因为所有人都有梦想：区别在于我们获得成功的力量或者与我们一起实现成功的命运。

在梦想上我和送货小伙子、缝纫女是一样的。我和他们不同在于会写。是的，这是个事实，一个我之所以有别于他们的现实。在灵魂上我和他们一样。

我深知在南方有岛屿，和大都会的伟大激情，还有（……）

如果我有世界在手，我会用它去换，我肯定，一张去金匠街的票。

也许我的命运就是永恒地做会计，诗或者文学就是一只蝴蝶，落在头上，它本身越是美丽，我就变得越滑稽可笑。

我将怀念莫雷拉，可是面对伟大的升天思念算得上什么？

我知道，在那天，我当上了瓦斯克斯公司的会计，将是我的人生中伟大的一天。我知道这是一种苦涩和讽刺的预期，但我是以一种确定的知识分子优越性知道这一点。

## 告诉那走路的人

敏感性越高，感受能力越微妙，就越会荒唐地为细小事物而震颤。需要一种神奇的智力来对阴暗的一天感到愁苦。人类，是不太感性的，不对天气悲哀，因为总是天好天坏；不淋到头上，就感觉不到雨。

暗淡而柔软的天，潮湿闷热。孤自一人在办公室里，我审视自己的一生，在其中看见的像这天气令我压抑、悲哀。我看见自己的童年，无可快乐，青少年渴望一切，成年时既无快乐也无志向。一切都在松软和迷茫中度过，就像看见和回忆这样的天气。

我们谁又能够，返回到没有回头路的路上，告诉那走路的人，应该如何走？

# 站在一种自己的涅槃之上

我们越是在生活中前进，越是相信两个依然矛盾的真理。第一个，是面对生活的现实，所有文学和艺术的虚构听起来是那样的苍白。的确，没有比生活的快乐更高贵的快感；可是，同梦是一样的，在其中我们感觉到在生活中感受不到的情感，遇到在生活中我们遇不到的形式；然而都是梦，会醒来，不构成回忆，也没有思念，这些回忆与思念，是让我们经历第二次生活。

第二个真理就是，高贵的灵魂想要完整地经历生活，拥有所有事物的经验，游历所有的地方，经历所有的情感，然而这不可能，只有主观地生活才能经历全部这些，只有否定生活才能经历它全部的本质。

这两个真理相互不可减少。智者不想将它们联系在一起，也避免否认两者其一。却必须遵循其一，思恋那个不追寻的，或者，将两者都否认，站在一种自己的涅槃之上。

那个生活赋予他什么就要什么，不索取更多的人是幸福的，用猫的本能引导自己，有阳光的时候就去寻求阳光，没有阳光的时候就去寻找温暖，不管在什么地方。以想象力放弃他的个性的人是幸福的，陶醉于观赏别人的生活，并非去体验所有的印象，而是经历所有（别人的）印象的外部表演。总之，那个放弃一切的人是幸福的，对他，由于是放弃一切，什么都不能被剥夺或减少。

乡下人，小说读者，纯粹的苦行者——这三者是活得幸福的，因为这三者都放弃个性——一个因为是靠直觉生活，是非个性的，一个因为是靠想象力生活，是忘却，第三个因为是不生活，而，又没死。

什么都不让我满意，什么都不给我安慰，一切——不论发生过，还是没有——都令我餍足。我不想要灵魂，又不想放弃它。我想要不愿要的而放弃我所没有的。我不能什么都不是也不能什么都是：我是我所没有的和我所不想要的之间一座连通的桥。

# 我想起那只鹦鹉

……那种我们把它称为现实的，想象的情景。

两天了，一直下雨，从灰色寒冷的天空降下另一场雨，一场灰色的雨，折磨着灵魂。两天了……我感觉忧伤，尤其听见雨打在窗上的声音。我的心情压抑，回忆变成了愁苦。我睡不着，没有理由睡着，我心里却特别想睡。从前，当我还是孩子，很幸福，住在一所房子里，旁边院子里传来一只绿鹦鹉的叫声。在雨天里，它的鸣啭从来不忧伤，毫无疑问在笼子里，喧叫着某种持续的情感，徘徊于忧伤之上，像早期的留声机。

难道我想起那只鹦鹉，是因为我现在忧伤，回忆起遥远的童年？不，我真实地想起它，是因为对面的楼里，现在，有鹦鹉模糊的叫声。

一切对我都混作一团。当我觉得在回忆，我想的是另一件事情；如果我看，我忽略，当我心不在焉，却清楚地看见。

我透过灰蒙蒙的窗，手触上去冰凉的玻璃，看东西。阴影里的魔法，突然，把我带到老房子内，房子外面，旁边的院子里，鹦鹉在叫，我的眼睛睡意沉沉，所有那些不可挽回的过去，那真真切切的生活。

## 我立即感觉生活的无用

自上次写的最后一篇，已经过去好几个月，我处在一种有意识睡眠中，生活中成了另一个人。常常有一种隐喻的幸福感受。我没存在，我是另一个人，我过得无思无想。

今天，突然间，我回到了我所是或梦想中的我的样子。那是一种巨大的疲惫时刻，在平淡的工作之后。我将头托在两手，臂肘支撑在高桌的斜面上，反思自己。

在一个长长的假寐中，我回忆起过去的一切，那梦里有清晰的风景，突然向我竖立起来，在一切的之前或之后，老庄园宽阔的一边，从那儿，在视像的中间，浮现起空旷的打麦场。

我立即感觉生活的无用。观看，感觉，回忆，忘记——这一切都对我混淆起来，臂肘朦胧有些痛，附近街上模糊的低语，安静的办公室里工作的细碎声响。

当我把手从高桌上移开，向那儿瞥一眼，看见应该是疲倦的死人世界的眼神，我那一看，瞧见的第一个东西，就是一只绿头苍蝇（刚刚听到的嗡嗡声不是办公室的声音！），落在墨水瓶上。我从地狱的深处，观看那苍蝇，无可名状，我醒了。它有墨蓝的绿色调，有一种并不丑陋的恶心光亮。一个生命！

谁知道，对最高力量，真理的诸神或魔鬼，我们在他们的阴影里游荡，我不过是落在他们面前的一只苍蝇？我的看法很简单？已经观察完了？没有思想的哲学？也许，可是我没想：无感觉了。是肉体的，直接的，带着深刻而黑暗的恐怖，做了一个让人发笑的比较。当我同苍蝇比较，我就是苍蝇。当我设想感觉到它，我觉得自己就是苍蝇，就是苍蝇式的灵魂，像苍蝇一样睡着，感觉自己封闭在苍蝇里。更恐怖的是同时我感觉是自己。无意间，我抬起目光，冲着天花板的方向，没有落下来一把天庭的尺子，把我拍死，就像我可能拍死那只苍蝇。幸运的是，当我转回目光，那苍蝇，静悄悄，我没听见它的声音，飞走了。我心不甘情不愿，办公室里，又一次，没有了哲学。

## 湖水颤动，阳光收敛

在我的疲惫表面，盘旋着某种，像阳光终结时候遗弃在水上的光晕的东西。我看着自己，就像我想象的湖泊，而在这座湖泊里看见的就是我。我不知怎样解释这个形象，或这个象征，或这个在我内心的自我描述。不过我肯定是看见了，就像实际上看见的，山峦后面的太阳，失落的光线，留在将它们的暗金色接收的湖上。

思想的一个魔咒是想的时候去看。用理性思想的人心不在焉。用情感思想的人在睡着。用意志思想的人是死了。然而我，用想象力思想，一切应该在我身上的或是理性，或是痛苦，或是冲动，都应化为某种无差别的，遥远的，就像这座巨石间的死湖，那里最后的阳光，渐渐变短起来……

因为我停止，湖水颤动。因为我反思，阳光收敛。我闭上缓慢的充满睡意的眼睛，在我之中没有别的只有一片湖区，湖中开始夜色降临，不再是白天，暗栗色水的反光中，浮现出水藻。

因为我写，什么也没说。我的印象一直存在于另一个地方，在山峦的那一边，还要做漫长的旅行，如果我们有能迈出脚步的灵魂。

我停止，如我风景中的阳光。从我所说和所见的，只留下已经关闭的夜，充满湖面，泛着死光，在没有野鸭的原野，死的，流动的，潮湿的，不祥的原野。

## 我是他们曾经的爱情

我从来不睡觉，我只是生活和做梦。或者不如说，我只生活在生活中做梦并且睡觉。在我的意识中没有间断：如果还没睡着或者没睡深，我感觉到它们包围着我；一旦我真的睡着就立即进入梦境。这样，我就是永久地展示的影像，关联的或不相干的，总是假装成外部的，如果我醒着，一些影像就在人物与光线之间，如果我在睡，另一些影像就在幽灵和没有光却可看见之间。说实话，我不知道如何区别两者，我也不敢说当我醒着的时候是不是睡着，当我睡着的时候，是不是醒着。

生活是一个被缠绕的毛线团。其中有一种意义，如果展开，放置成直线，或缠绕得很好的话。可是，正如其所状，是个瞎线团，找不到头绪。

我感觉到这些，以后我会写出来，因为我已经梦见了要说的话，当,穿过半睡的夜晚,无感觉,伴随着茫茫梦境里的风景,外面的雨声,变得更加空空荡荡的。那是空洞里的谜语，深渊中的颤抖，通过它们流淌下来，徒然地，淅淅沥沥的雨在外面抽泣。听觉的景色丰富而细微。希望？没有。从看不见的天空降下风扬起的痛苦的水声。我继续睡着。

毫无疑问，那是在公园的林荫道上发生的生活悲剧。那是两个美丽的人，他们希望是另一种东西；在对未来的厌倦中，爱情来得太迟，是对将产生的恋情的怀念，化成未曾有的爱情的月光。就这样，在月亮透过附近树林过滤下的月光里，他们散步，手牵着手，没有欲望也没有希望，在遗弃的树行的荒凉里。他们完全是孩子，当然外部并非真的是。一条条小径，一棵棵大树，像剪纸一样的侧影，穿过那个无人的布景。就这样消逝在池塘边，相互越来越近，分离得越来越远，已经不下了的雨的茫茫声音，是他们向那里走去的喷泉的声音。我是他们曾经的爱情，所以，我会在不眠的夜晚聆听他们，我也会不幸地活着。

## 我不知道什么是时间

我不知道什么是时间。我不知道什么是时间真正的度量，假使有的话。我知道时钟的时间度量是假的：从外部，将时间空间地分割。我知道情绪的时间度量也是假的：分割的不是时间，而是对时间的感受。梦的时间度量是错误的：在梦中我们与时间擦过，有时候是漫长的，有时候是快速的，我们所生活的时间是快或慢，根据某种我不知其性质的东西流逝。

有时候，我觉得什么都是假的，而时间无非是一个镜框来框住与其无关的东西。在我对过去生活的记忆中，时间分布于荒诞的层次与维度，在十五岁的场景里我更年轻，在另一些坐在玩具中间童年的我更庄严。

如果我想着这些，意识就纠缠不清。我预感在这之中有什么错误；然而，我不知道错在哪边。好像是看变戏法，明知道有欺骗，可是不知道骗术是什么技巧，或机制。

于是，我出现这些荒谬的，我尚且不能全部以荒谬而排斥的想法。我在想，一个人，在快速奔驰的车中慢慢思想，他究竟是思想得快还是慢。我在想，自杀的人掉在海里和一个在露天凉座失去平衡的人，速度是否一样。我在想，这些运动是否实际上真是占有同样时间的，在这些时间里我吸了一支烟，写下这段文字，且如此晦暗地思想。

一根轴上的两个轮子，我们可以想其中一个总是更靠前，哪怕是毫米的几分之几，一个显微镜可以将这种偏移夸张到难以置信的地步，如果说完美的真相是不可能的。为什么没有针对错误观念的有理性的显微镜？难道这是无用的思考？我很清楚。是思考的幻觉？

我认可。然而，这是什么东西，没有尺度地计量我们，无存在地杀死我们？在此时此刻，我都不知道时间是否存在，我感觉它像一个人，我只想睡觉。

# 雨的一部分

炎热消退以后，轻悄的雨开始增长到能听见，空气中留下一阵寂静，那是热气中没有的，一阵心的平静，水在里面放置它的清风。这温柔的雨的快乐是那么明亮，没有风暴也没有黑暗。那些人，几乎所有人，没有伞或雨衣，说笑着，迈着快速的大步，在闪亮的街道上。

在懒散的间歇，我走到办公室打开的窗前——炎热把它打开，雨还没有把它关上——我观看着，以密切又漠然的注意，那是我的方式，那些我尚未看见，就刚刚准确描写的事物。是的，快乐以两种常见的情形走在那儿，在细雨中说笑着，用比快速更急促的脚步，在刚刚还是明亮的天气里。

可是突然间，在我才走过的街角，转出一个年老又衰弱的人，贫穷却不卑微，有些急躁地走在已经小些的雨中。那人，肯定没有注意到，至少他很匆忙。我注意地看着他，已经不是对事物的那种漫不经心，而是定义明确的，对符号的那种。那是一种谁也不是的符号，所以走得匆忙。那是一个什么都未曾是的人的符号，所以受罪。他是一部分，不是那些感觉到下雨不适快感的、欢笑的人们的一部分，他就是这场雨的一部分——是我这样感觉到的一个无意识的现实。

可是，我要说的，并非是这。我正在观察那个路人，结果，立即就从视野消逝，由于没有继续看着他，在这些议论的关联之间，穿插进某种没注意的神秘，某种灵魂的浮现让我未能持续地关注。在我断开思路的深处，我并没有去听，出现打包的青年人的说话声，那边，在办公室深处，在库房的地方，我没有看见人却看见打邮包的麻绳，在结实的牛皮纸包裹上缠两道，打两个结，在开向大厅窗子边的桌子上，在笑话和剪刀声里。

# 生活是实验旅行

生活是实验旅行，不情愿的。是精神穿过物质的旅行，而，由于旅行的是精神，就活在精神之中。所以，有冥思的灵魂，比起别的活在外部的灵魂，生活得更紧张，更宽阔，更激荡。结果是，一切所感觉的就是所活过的。从一场梦中回来，疲惫得如同从可见的工作中返回一样。从来没有比苦苦冥思生活更丰富的了。

一个在舞厅角落的人，和所有跳舞的人跳舞。他看见一切，因为看到一切，所以经历了一切。作为一切，总结起来最终是，我们的感受罢了，不论是我们与一个人的身体接触还是目光接触，或者，甚至是简单的回忆。所以，当我看见跳舞，我就跳舞。我说，像那个英国诗人（埃德蒙·戈斯）一样，描述着所观看到的，躺在草地上，远处，三个割草人："第四个人在割草，那就是我。"

这一切都来自巨大的疲惫，说着就感觉着，表面上无缘无故，今天，突然降临我身。我不仅仅是疲惫，而且悲愁，悲愁也是莫名的。我，痛苦万分，临近泪奔——并非是哭出来的眼泪，而是压抑的，一种灵魂的疾病的泪水，不是可感觉的疼痛的。

我从未活过却生活了那么久！从未思想却想了那么多！停止暴力的世界，做出没有运动的冒险，沉重地压在我之上。我厌倦了从未有过的，也不会有的，厌烦尚待存在的诸神。我带着所有我避免了的战役的伤。我充满肌肉的身体被我连想都没想做出的努力所磨碎。

晦暗，沉默，无效……高高的天空是夏天的，那个死去的，不完美的夏天。我看着它，仿佛它不在那里。我让我之所思入眠，我行走着躺下，我无感觉地受罪。我巨大的怀念是对无何有的，什么都不是的，如我看不见的，无个性地注视的，高高的天。

# 无聊是对世界的厌烦

谁也没有，用没有经历过的人能懂的语言，给无聊下定义。一些人称作无聊的，说的只是厌烦，另一些人，说的不过是不舒适；甚至有的人，把疲倦说成无聊。可是无聊，尽管有疲惫，有不舒适，有厌烦，有它们参与，但是就如同水有氢和氧的成分，由它们所构成，包含它们却同它们不相似。

如果一些人这样给无聊一种有限定和不完整的意义，这人或那人给它一种在某种方式上超越这个意义的含义——比如当把对世界的多样性和不确定的内心的和精神的不快称作无聊。让人张开嘴的，是厌烦；让人改变体位的，是不舒适；让人不能动弹的，是疲惫——这其中的任何一种都不是无聊；但是，对事物的空虚的深刻感觉也不是无聊。为此，释放出失败的志向，挺立起失望的渴求，称为灵魂中的种子，由此产生神秘或神圣。

是的，无聊是对世界的厌烦，是生活着的不适，是对曾经活着的厌倦，无聊，是真正对事物的空虚繁冗的肉体感受。可是，无聊不止是这些，是对别的世界——不论存在还是不存在——的厌烦；不得不活着，即便是另一种生活，哪怕是另一种方式——就算是在另一个世界——的不舒适；不仅是昨天的和今天的，而且连明天的都算，乃至永恒的——假使有的话，和什么都不是的——如果它就是所谓的永恒——的疲惫。不仅是事物的空洞，是万物在灵魂的痛苦，当她无聊的时候；而且是某种别的什么东西的空虚，非事物与万物的，是感觉空虚的灵魂本身的空洞，感觉空虚，在空虚中恶心自己，弃绝自己。

无聊是对浑沌的身体的感受，浑沌是一切。厌烦者，不舒适者，疲惫者，感觉被囚禁在狭窄的监牢里。对生活狭窄不快的人，感觉在一个宽阔的监牢里被戴上手铐。可是无聊的人感觉在无穷的监牢里有晦暗的自由。说到觉得厌烦的人，或感觉不舒适的人，或疲惫的人，他可以摧毁监牢的墙壁，埋葬他。对不喜欢世界狭小的人，手铐有可能掉下来，他能逃跑，或者能因挣脱不开手铐而疼痛。而他，由于感觉到疼，虽不快乐，却再次感到生命。可是无穷的监牢的墙壁不能埋葬我们，因为不存在；因为没有人给我们戴上手铐，让我们挣扎而疼痛，不能让我们感觉在活着。

这才是面对这不可磨灭地终结的午后静谧的美。我看着高高的明亮的天空，那里空茫的、玫瑰色的、仿佛云的影子的东西，是长着翅膀的遥远生活不可触摸的羽绒。我向河面低垂下目光，河水只是轻轻地颤动，蓝得像更深的天空的一面镜子。我再次抬起目光看向天空，在似有似无的色彩之间，没有拆散成丝，像破碎的绸缎在看不见的空中，已经有一种冰冷的苍白的色调，就像某种也是东西的东西，更高更落寞，有一种特别的物质的无聊，一种是那种东西的不可能性，一种愁苦和悲怆不可称量的物体。

可是，什么？那在高空中比高空更高，天空中不是天空的颜色之外还有什么？在这些不似云的碎片中有什么，我已经生疑，已然柔和的阳光，放射出物质的光线，反射出的是别的什么？在所有这些中除了我有什么？啊，可是这就是无聊，仅仅是这才无聊。是在这所有一切之中——天空，大地，世界——在这一切中，没有别的，不是别的，是我。

## 我们不知道究竟是出发，还是抵达

我们一起走着，又分开，在森林荒野的岔道。我们的脚步，不睬我们，走在一起，因为齐声一致，在柔软的噼啪作响的树叶上，黄色的，半绿色的树叶，铺满高低不平的地面。可是我们也不走在一起，因为我们是两种思想，我们之间也没有共同之处，除了我们所不是的，在听觉的地上踩出一致的声响。

已经进入了初秋，除了我们踩的树叶，还听见，伴随着粗野的风，别的树叶，或树叶的声音，持续地落下，在所有的，我们正在行进的，和已经走过的地方。没有别的风景，除了遮掩了所有别的风景的森林。然而，足够了，作为地点，对于那些像我们一样的人，我们的生活没有别的，只有一致的或不同的脚步声，走在死气沉沉的地上。那是，我觉得，一天或某天，活着也许是所有天日的尽头，一个所有秋天的秋天，在象征的和真正的森林里。

什么家，什么责任，什么爱情，我们抛弃掉了——我们自己都说不清。我们，在那个时刻，无非是在我们所曾忘记与未知晓间的行路人，遗弃了理想的步行的骑士。可是在那里面，如同被踩树叶持续的声音，和动荡的风总是粗暴的声音，里面有我们去或我们回的理由，因为，不认路，或不知道为何是那条路，我们不知道究竟是出发，还是抵达。四外总是没有我们认识的地方，没有平静的景色，踩踏树叶的声音，让森林伤心地沉睡。

我们谁也不愿意知道另一个人，然而没有他都走不下去。我们的陪伴，是每个人对自己睡梦的幽灵。一致的脚步声，让每个人都觉得没有另一个人。那孤独的脚步把他唤醒。整座森林都是虚假的空地，就好像是虚假的，或已经是终结的，可是虚假性不终结，森林也不终结。我们的脚步一致的声音持续响着，在我们听见的脚踩树叶的声音周围有树叶掉落的朦胧的声音，在变成一切的森林，在和宇宙相同的森林。

我们是谁？我们究竟是两个人还是一个人的两个形状？我们不知道也不去问。应该有昏暗的阳光，因为森林不是夜晚。应该存在一个迷茫的终点，因为我们在走。应该存在某种世界，因为存在一片森林。然而，我们，对所是的和所能是的，都漠不关心，在死树叶上单调声音无止境的步行者，飘落的树叶莫名的不可能的聆听者。别无其他。匿名的风，时而粗暴，时而温柔，一阵叹息，卡住的树叶，时高时低的细语，一道痕迹，一丝疑问，一个已经完结的目的，一个未曾有过的幻象——森林，两个行路人，和我，我，不知到底是他们两个中的哪个，或者，究竟是两个，还是没有任何人，我观看了却没有看到结局的，那个除了秋和森林，从来没有别的东西的悲剧，和一直粗暴和动荡的风，和一直落地的和正在飘落的树叶。森林嘈杂的寂静里，一直似乎让人肯定，外面有一轮太阳，似乎能清楚地看见，会有一天，在虚无里终结。

# 如果我是另一个人

在白天清晰的完美里，却凝滞着充满阳光的空气。并非是未来的雷雨在此刻的压力，不情愿的身体的难受，确实是阴郁空蒙的蓝色天空。是暗示悠闲的可感觉到的麻木，睡着的脸上轻轻扫过的羽毛。是暑夏，甚至不喜欢田野的人也向往乡下。

如果我是另一个人，我这样想，这一天对我该是幸福的，因为我会感觉它而不想它。怀着我提前完成正常的——那种每天对我是不正常地单调的——工作的快乐。搭乘去本菲卡的车，和约定好的朋友们，在洒满夕阳的菜园间，一起进晚餐。我们的兴高采烈，是风景的一部分，大家都快乐，所有看见我们的人，是那里出了名的。

然而，让我稍稍享受一点的是我把自己想象成另一个人。是的，立即这个我——他，在藤萝或一株树下，吃下两倍我会吃的，喝下两倍我敢喝的，笑出两倍我能想要笑的。他的当下，我的此刻。是的，一时间我是另一个人：我看见，我经历，在别人身上的那种卑微的，人类的，像活在别人袖筒里的宠物鼠的快乐。伟大的天让我这样梦！全是蓝的，崇高的，高处的梦。就像在不知哪天休假的傍晚，一瞬间我梦见，自己当了健康的市场推销员。

# 在这忧伤的冬天寒冷的下午

从我的思考与观察来看，人们关于真理一无所知。或者，同意，真理在生活中是至高无上的，或者实践真理是有用的。最准确的科学是数学，却生活在它自己的规定和定律的范围之内，这就是，通过应用，阐述其他科学，但是用来阐释这些科学的发现，而无助于它们的发现。其他科学则是不准确的，人们只接受对人生最高目的一点没有影响的东西。物理学知道铁的膨胀系数；但是不知道世界构成的真正机制。我们在渴求知识上的攀登越高，所知便越少。形而上学，是最高的指导，因为它，只有它，才走向真理和生活的最高目的——它都不是科学理论，而仅仅是，在这些或那些人手上，不用灰浆连接的一堆砖块，建成没有任何形状的房子。

我还注意到，在人与动物的生活间，没有别的区别，只有如何弄错和无知的方式的区别。动物不知道它们所做的：出生、长大、生活、死亡，没有思想、反思或真正的未来。然而，多少人活得与动物不同？我们都在睡觉，区别只在于梦，梦的档次和质量。或许死亡把我们唤醒，可是对此也没有答案，除非信仰的答案，对那些信仰即是有的人；和希望的答案，对那些有欲望就是占有的人；还有慈悲的答案，对那些给便是得的人。

下雨，在这忧伤的冬天寒冷的下午，仿佛自从开天辟地，就一直这样单调地下雨。下雨，我的感情，仿佛被雨压弯了，折弯我粗野的眼神，向着城市的地面，那里流淌着什么都不滋养，什么都不带走，什么都不给快乐的水。下雨，我忽然感觉到一种是一头不知名的野兽的巨大的压抑，梦想着思想和激情，蜷缩着，仿佛在一座茅棚里，在一个存在的空旷区域，满足于微微的温热，就像一个永恒的真理。

## 生活是拒绝冲突的一场梦

我们生活中发生的一切不愉快的事情——我们出丑可笑，做出的难堪的表情，某种美德上的缺陷——都应该被视为纯粹的外在事件，不能触及灵魂的本质。我们把它当成牙疼，或者生活的老茧，让我们不舒服，虽然是我们的，但是属于外部的，或者，仅仅让我们的有机存在痛苦，或者让我们对与生命相关的东西感到担忧。

当我们达到这种态度，也就是，用别的话说，神秘态度，我们就有了防卫。不仅是对世界而且是对我们自己，因为我们战胜了自身中外在的东西，这种东西是他人的，同我们对立的，因此是我们的敌人。

贺拉斯，一个谈到率性的人，说就是周围的世界崩塌了也不惧怕。形象是荒诞的，但意义是正确的。哪怕我们周围都是我们假装的样子，我们相互依存的，都崩塌了，我们都应该无所惧——并非我们是对的，而是因为我们是我们，是我们与毁灭的外在的东西一点关系也没有，哪怕毁灭了我们是为了它们的东西。

对优秀的人来说，生活应该是拒绝冲突的一场梦。

## 生活勒住我的脖子

我不知有多少人注视过，以应有的眼神，一条有人的荒芜街道。这种说话的方式似乎是想说某种别的东西，实际上确实意味着如此。一条荒芜的街道，不是没有任何人走过，而是经过这条街的人，像经过荒漠。只要看见过，对此就没有理解的困难：对一个只认识驴的人，斑马是不可能的事物。

感受，在我们的内心，以对它们某种程度和类型的理解做调节。有懂得理解方式的方式。

有些日子，从我身中，就像从他乡的土地升到我的头脑，生出一种对生活的厌倦、一种愁绪、一种痛苦，只因为事实上我忍受着活着，生活对我才不是无法忍受的。生活勒住我的脖子，每个毛孔都有着另一个人的欲望，一个短暂的终结的消息。

## 畅然独处，多么好！

不知为什么——独自在办公室里——我突然察觉到它。我已经无限地，预感到它。有某种对我自己的意识的方面，宽畅的轻松，一种不一样的更深的呼吸。

这是最奇怪的感觉之一，那种由于偶然的聚会和缺席，能给予我们的感觉，那种我们在通常是挤满的、噪杂的，或是别人的房子里，我们独处的感觉。我们，突然间，用一种绝对占有的感觉，容易掌握、领域宽阔的感觉，畅亮——如人所说——轻松而安静。

畅然独处，多么好！我们可高声自语，可以散步，不受他人目光的妨碍。可以躺靠着遐想不被人呼唤！整座家变成田园，一个客厅宽阔如一座庄园。

嘈杂声都是不相干的，仿佛属于一个相邻的独立的宇宙。我们，终于，是国王。对此我们所有人都向往，终于，我们之中最俗众的人——谁知道——比那些假金子的货色更有生气。一时间我们成了宇宙津贴的享有者，有发给我们正常的收入，没有短缺，无忧无虑。

啊，可是我识别出来，从那些楼梯上的脚步声，不知是谁来到我这里，有人将中止我隔离的孤独。我隐含的帝国有蛮夷来侵犯。并非脚步声告诉我来人是谁，亦非我想起来我熟悉的这人或那人的脚步。在灵魂中，还有一种无声的直觉，让我知道，那个上楼梯的人，正在冲着我这边走来，此刻，不仅是脚步声，我心中突然就看见了楼梯，因为我想着那人在登楼梯。是的，是仆人中的一个。停下，门响，进来。我全都看见。进来时，对我说："就您自己？苏亚雷斯先生？"我回答："是，有一会儿了……"于是，他把外套挂在衣架上，眼睛看着另一件更旧的，说道："一个人太烦了，苏亚雷斯先生，何况……""的确，太烦人。"我回答说。"甚至让人想睡觉。"他说，已经穿上了破外套，冲着写字台。"是想。"我确认，微笑着。然后，把手伸向左边的笔，重新进入，书写，正常生活。

# 一切都微不足道，痛苦在其中

把我们最大的苦难看成毫不重要的事情，不仅仅在宇宙的生命中，而且在我们灵魂的生命里，是智慧之始。当完全地陷于这种痛苦中，仍能如此看待，则是完满的智慧。在我们受苦的时刻，似乎人类的苦痛是漫无边际的。可是人类的苦痛并非是无穷的，因为什么都不是无穷的，我们的苦痛也只不过是一个我们的苦痛，没有更多价值。

多少次，在一种似乎是疯狂厌倦的重压下，或者一种仿佛超出了愁苦之外的愁苦，我停止、犹疑，在愤怒之前，我犹豫、止住，在自我神化之前。不知道世界奥秘的痛苦，别人不爱我们的痛苦，待我们不公的痛苦，生活压力的痛苦，令人窒息，将我们束缚，牙疼、鞋子太紧的疼——谁能说得清，哪个疼得更厉害，还有别人的多少痛苦，或者所存在者普遍的痛？

对有些跟我说话，听我讲的人来说，我是一个不敏感的人。可我，却是——我认为——比绝大多数的人都更敏感。然而，我是那种敏感，一种对敏感的认知，因此，我了解敏感性。

啊，并非是真相，说生活是痛苦的，或者说想着生活是痛苦的。真相是，我们的痛苦只是当我们假装痛苦时才是严重和认真的。如果我们是自然的，痛苦会怎么来怎么去，怎么增长怎么消退。一切都微不足道，痛苦在其中。

我在一种厌倦的压力下写这些，一种似乎我盛不下的厌倦，或者，过分地占据我灵魂的容身之地。一切人和一切物的压迫，令我窒息，令我发狂；一种不被他人理解的切身感觉令我困惑，将我碾压。可是我向着淡然的蓝色的天空抬起头，我把脸迎着无意识的清爽的风，看过之后，垂下眼睑，感觉之后，忘记脸颊。我并不更好，可我不同了。我看到从自身中解脱。我几乎笑了，不是因为我懂了自己，而是，我变成了另一个，我不再能理解。高高的天空上，小小一丝云，仿佛一抹看不见的虚无，是整个宇宙的白色的遗忘。

## 我因为感觉是另一个人而幸福

城市里有田野的宁静。有时候，尤其是夏天的中午，在阳光明媚的里斯本，田野，像清风袭来。就在这儿，在金匠街，我们睡一个好觉。

多好，对灵魂来说，在高悬而安静的太阳下，看见这些装满稻草的马车，这些要钉的包装箱，不再出声，缓慢的有轨电车，这搬移过来的乡村！我，从办公室的窗看着，独自一人，变得不同：我在乡下的一个幽静的小镇里，滞留在一个无名的小村庄，我因为感觉是另一个人而幸福。

我很清楚：如果我抬起眼睛，是一片又脏又破的房屋，整个低区的办公室需要擦洗的窗，高层的，仍然有人居住的，毫无生气的窗，更高处，成角度的阁楼间，在花盆和植物中间，永远晾晒着衣服。我知道这些，可是阳光那么柔和地将这一切镀上金色，寂静的空气如此无意义地包容着我，就连视觉上我都没有理由放弃我假造的乡村，我的乡下小镇，那里，商业就是幽静。

我清楚，我清楚……真相其实就是午饭时间，或者午休，或者间歇。一切在生活的表面畅流。而我则睡觉，尽管我伏在阳台栅栏上，好像伏在船舷，眺望新奇的景色。我都不冥想，仿佛就在乡下。而，猛然间，另一件事浮现出来，弥漫在四周，支配着我：我看见小镇中午的后面整个小镇的生活；我看见家庭生活巨大蠢蠢的幸福，乡村生活巨大蠢蠢的幸福，肮脏里静谧的巨大蠢蠢的幸福。我看见，因为我看。可是我没看见却醒了。我环顾四周，微笑着，别的先不做，抖一抖不幸的深色西装的袖肘，因为支撑在阳台栏而弄得满是灰尘。

那阳台栏谁也不擦洗，不知道会有一天，有一刻，是一艘在无限的旅游中航行的船不可能有灰尘的舷墙。

## 没有什么是孤立的

一盏未名的灯，在一扇窗后面，高高地挂在夜的孤寂里绽放。我看见的整座城市其他部分都漆黑一片，除了这里那里，路灯微弱的反光，朦胧地升起来，如反向的月光在那里徘徊，非常苍白。在夜的黑暗里，房屋之间，不同的颜色，或者说色调，显得并不突出：只有模糊的，或许说是抽象的区别，让乱糟糟的一团更加不规整。

看不见的一根线，将我和那个未名灯火的主人连接起来。我们两个都醒着，但情形不一样：这里面不可能有相互性，因为，我站在窗前，在暗处，他永远不可能看见我。是另一种东西，只是我自己的，稍稍与孤独的感觉牵绕着，它参与着夜和寂静，选择那盏灯作为支撑点，因为那是存在的唯一支撑点。似乎是由于它点亮着夜才这么黑。似乎是因为我醒着，在黑暗里梦幻着，它才在那里闪耀。

一切事物的存在也许是因为另一个事物的存在。没有什么是孤立的，一切是共存的：也许这才是确切的。我感觉，在这个时刻，如果不是有那盏灯，仿佛是矗立在虚假的特权的尖端的、什么方向也不指示的灯塔，亮着，我就不会存在——至少，我不会以我所存在的这种方式存在，这种我在场的意识，由于这意识，此刻才是完整的我。我感觉这些，因为我什么都不感觉。我想这些，因为这些什么都不是。无何有，是虚无，夜和寂静的一部分，和连同它们一起的我，是无效，是否定，是间隙，我与我的空间，某个神遗忘的东西……

# 当梦轻摇我们

我们不懂得分辨的内心的凄苦，那微妙的渗透着的，到底是来自灵魂的，还是身体的，是感觉到人生的无谓而不舒适，还是某种坏心情来自肌体的深渊——胃，肝，或是大脑。多少次，平庸的意识似阴云笼罩着我，沉淀在一种可怕的不安中！多少次，我为存在而痛苦，甚至恶心到那样不确定的地步，我不懂分辨，究竟是厌倦，还是呕吐的前兆！多少次……

今天我灵魂受伤，以致肉体也痛。整个我都痛，记忆，眼睛，手臂，就像我都整体得了风湿病。晴朗的天气，纯净的蓝天，停住的涨潮闪耀的海水，不影响我。吹拂过来的，清爽的微微秋风，仿佛夏天还没有忘记，使空气有了个性，一点也不令我轻松。什么对我都微不足道，无所谓。我悲伤，可是并非是定义分明的悲伤，连定义不明的悲伤都不是。

这些表述并不能准确诠释我所感觉到的，因为，毫无疑问，什么也不能准确地诠释一个人的感觉。可是，从某种方式我试图对所感觉的给出一种印象，混合着几个我和疏离的街道。几个类型，这街道，因为我看见它，也是，以一种我不会分析的内心的方式，属于我，是我的一部分。

我曾想在遥远的国度过不同的生活。曾想在陌生的旗帜间以另一个人的方式死去。曾想在别的时代做受人欢呼的帝王，比今天更好的时代，因为不是今天的时代，微光显露，五彩缤纷，斯芬克斯闻所未闻的时代。我曾想要一切能让我之所是变成滑稽可笑的，和以其将我变得滑稽可笑的。我曾想，我曾想……可是当太阳闪耀，总是有太阳，当夜色降临，总是有夜晚。当痛苦折磨我们，总是有痛苦，当梦轻摇我们，总是有梦。而有的总是有，永远不是那种应该有的，并非由于是更好或更坏，而是因为是别的。总是有……

街上，到处是货箱，搬运工清理着街道。一件一件，有说有笑，他们将货箱装上车。从办公室高处的窗，我看着他们，用迟钝的眼睛，眼睑在沉睡。而某种微妙的东西，不可思议地，将我所感觉的同我正在看着的货运联系起来，某种陌生的感受将我全部的厌倦，或愁绪，或恶心，装了箱，大声讲笑话的人将其抬起扛在肩上，去装在一辆不在此处的车上。白天的光，如以往一样安详，斜照的光，因为街道狭窄，照在抬起货箱处——而不在堆放的货箱上，因为在阴影里，可是在折角的尽头，干活的货运小伙子们什么也不干，犹豫不定。

## 当我们不断地生活在抽象里

当我们不断地生活在抽象里——不管是思想的抽象，还是所想的感受的抽象——不久，现实生活的东西就变成了幽灵，它违反我们的感情或意志，按照我们的感觉，它应该就是这样。

我是某人最好的朋友，真正的朋友，知道他生病，或者去世了，给我的印象无非是模糊的、不确定的、泯灭的，这令我感觉羞耻。只有对事件直接的视像，它的景象，让我动情。由于不得不想象的生活，消耗着想象的能力，尤其是相信现实的能力。在思维上生活在不存在也不能有的事物里，结果我们不能思索那些可能存在的。

今天，人们对我说，我的一个老朋友住了院，去做手术，我们很长时间都没见过了，可是说真的我总是回忆起那个我设想是健康的人。我唯一的感受，积极而明确的，是非得要去看望他带来的麻烦，不然就是讽刺地代之以没有耐心去看望他，因而感到的悔恨。

再无其他……和阴影打交道这么多，我自己也变成了阴影——我所想，我所感觉，我所是。对正常，我从未曾是的正常的思念，于是进入了我存在的本质。可是，我所遗憾的，恰是这，仅仅是这。我并非是对朋友要做手术而感觉同情。我并非同情所有要手术的人，所有受苦的人，在这个世界上受煎熬的人。我感觉遗憾，是不会做一个感觉同情的人仅此而已。

一时间，我想着别的事情，不可避免地，由于一种我不知何谓的冲动。于是，就像是在谵语，混合着我尚且未及感觉的，和我所不能够是的，一种树的喧哗声，一种水流入池塘声，一座不存在的庄园……我奋力去感觉，可是我已经不会如何感觉。我变成了我自己的阴影，我把自己的存在交付予它。是同那个德国故事里的彼德·施雷米尔相反，我没有向魔鬼出卖我的影子，而是我的实质。我痛苦，为不受苦，为不懂得受苦。我活着还是假装活着？我睡着还是醒着？一阵空荡荡的微风，从白天的炎热里胜出，让我忘记了一切。眼睑舒适地沉沉垂下……我感觉这同一抹阳光将我不在那里的，我不要在那里的田野镀上金色……从城市的嘈杂声里，生出巨大的寂静……多么轻柔！可是，也许，会更轻柔，如果我能感觉！……

## 只有在曾经待过的地方我才平静

我照惯例走进理发店，心怀着自在、快感走进这家熟悉的店。我对新事物的敏感是一种悲哀：只有在曾经待过的地方我才平静。

当我坐在椅子上，出于偶然，我问就要给我的脖子围上一块冷飕飕的洁净亚麻围布的理发师小伙子，右边椅子上的那位年长而精神饱满的同事病倒后怎么样了。我问他并非是感到有某种非要问的需要：那个时机，那个地方和记忆，让我顺口一问。“昨天死了。”没有语调的嗓音的回答。在围布和我的后面，他的手指正在最后一次抬起，在我的脑后，我和衣领之间。我的非理性的好心情一下子全死了，就像旁边那理发椅旁永恒缺席的理发师。我对所想的一切打个寒噤，什么也没说。

思念！我甚至思念跟我一点没关系的事物，由于一种时间逃逸的痛苦，和人生神秘的疾病。我在习惯的街巷里习惯看见的面孔——如果不再看见我会悲伤；可他们对我什么都不是，除了是全部人生的象征。

缠着肮脏绑腿的无趣老人，常常在早晨九点半和我交错而过的，那个对我徒劳地纠缠的瘸腿卖彩票兜售者，那个烟草店门口被雪茄熏黄的胖滚滚的老头，烟草店面色苍白的老板，他们所有人是用什么所做成的？因为，我看见他们，又再看见他们，他们是我生命的一个部分。明天我也从银街、金匠街、绸布街消失。明天也会，我——会感觉会思想的灵魂，对我来说我所是的宇宙——是的，明天我也是不再从这些街巷走过的人，别的人，以一句“他怎么了”来空茫地呼唤。而我所做的一切，我所感觉的一切，我所经历的一切，无非是在某个城市街巷的熙熙攘攘中，少了一个路人。

假使我们的生命是永恒地站在窗前，

假使我们这样呆着，就像一股停滞的烟，

永远，永远是山峦的曲线上同一个痛苦的夕阳的时刻。

假使我们是这样在永恒之外！假使至少，在不可能性的这边，这样我们就能停留，不必做什么行动，我们苍白的嘴唇就不会因说话而犯更多的原罪。

看如何黑暗下来！

# 附　　录

@火山菌

# 我从一切中醒来

有时候，在我漫不经心的、从我思想和情绪的拐角出现的梦里，我看见爱情。一次，我在发展一个恋爱情节，一位患结核病的才女，正在写她不知何谓希望的不朽之作，一直在，可怜的粉白的房子窗前。另外的几次，是女侯爵，住在遥远的庄园里，认识我的时候，我住在从来没有在那里待过的附近，她无意中吸引了我；我们的爱情无故事地发展，且有一个伟大的结局。还有别的几次，浪漫主义遗弃了女肺结核患者和女贵族，梦里的欲望巨大而简单：她是在生活中发现的，如在高高的草丛里遇见一枝花，我摘下它，给我干净美丽的家，给我的生活，至少把梦做到那里，安静地熟睡，在真诚中，一切归于爱抚。

啊，多么复杂的情节，在海船的甲板上，在遥远的海岛，在普世的酒店里，在短瞬的旅途中，我不为那样暴露的礼服诱惑而失魂落魄。

可是，突然间，回到一场吓人的梦魇，我从性浪漫里醒来，顾自脸红，为我的头脑里有和所有男人一样的东西。我有可笑的、反其道的优势，贵族气质的情调。是的，有时候，我这样梦见。有时候，我是男性的缝纫女，我有王子，他们是公主，很多次，在不可避免的想象力中，则是另外一种东西。

于是，我从一切中醒来，河，几乎是高的，看见我这样，仿佛从裸体下方看见我赤条条的，好像窥见了我灵魂的白骨，和我的梦境里华尔兹的尖锐的快慰。多么悲哀！

# 我们厌倦去思考

除了理解，我们对一切都厌倦。

一句话的含义，有时很难通达。

我们厌倦通过思考来得出一种结论，因为越是思考，越是分析，越是分辨，就越得不出结论。

于是我们沦落入那种惰性状态，在其中，我们最想要的是理解清楚所展示的——一种美学态度，因为我们想理解又对所理解的东西究竟是真是假不感兴趣、并不在乎，我们在所理解的东西中不去看别的，而是看表达的方式是否准确，对我来说，这是一种理性美的状态。

对思考，对有自己的看法，对想为行动而思考，我们感到厌倦。然而对别人的看法，我们却不厌倦，哪怕是一瞬间的，唯一的目的，是感觉它的影响而不追随它的冲动。

# 鄙夷所有的理想

在理论人生和实践人生之间，有一个鸿沟。在这道鸿沟上，一些人，更个体而非社会的人，是桥梁。

谁愿意就让谁发号施令，我使用散在的、无名氏的，因此谈不上是思想的思想。

让我们把行动留给那些用他人头脑来思想的人，因为他们只是为行动而存在。我们躲避到，高雅的，甚至是微不足道的，理论的游戏里，我们对任何能够对他人施加作用的可能性都已经失望，在生活中我们除了局外人什么也不是。

鄙夷所有的理想，尤其是在人间为他人谋求幸福的理想——因为幸福只能对我们是理想的——我们分离地活着，比如那些得道者，那些有灵魂的（除了有智慧之外），他们对人生什么都不愿要或期待。这样，高瞻远瞩的人，与信徒并肩而行，在所罗门王神庙的宝藏间，旁边有那片辽阔的平原，曾几何时，大师埋葬在那里。

## 人生准则笔记

控制别人是因为需要别人。头儿是一个从属。

增加个性，不在其中添加任何异化的——不向他人索取，不对他人命令，可是当别人有需要的时候，做别人。

将需要缩小到最低，为的是让我们什么都不依赖别人。

肯定的是，绝对地，此生是不可能的。但不是相对地不可能。

让我们考虑一家公司的主人。他有义务能支配所有的人；有义务会打字，懂得财会，懂得打扫办公室。因此，他依赖别人只是为了不浪费时间，而不是自己做不到。他对学徒说“把这封送到邮局去”，因为不愿意浪费时间把信拿到邮局去投递，而不是因为不知道邮局在哪儿。他对职员说“去到那里办这件事”，是因为不愿意浪费时间去处理它，而不是因为不会办。

# 一种迟来的黎明

多少事物，我们当作是对的或公正的，不过是我们梦的痕迹，我们不理解的梦游症！或许偶然有谁知道什么是对的或公正的？多少事物，我们以为是美的，不过是时代的习俗，一地一时的虚构？多少事物，我们当成是自己的，无非是我们所是的圆满的镜像，或透明的包装，在血缘上与他本姓的种族无干！

我越是冥思我们所具有的自欺的能力，越是从松弛的手指间流出破碎的的细沙。在思考对我变成一种感情的时刻，头脑便一阵晕眩，眼前模糊，整个世界，对我，就仿佛是一种阴影形成的云雾，一种有棱有角的晨曦，一种幕间的虚构，一种迟来的黎明。一切对我化成他（世界）自己的绝对死亡，在细节的凝滞中。那些感官本身，我用来传递并忘却冥思的，都是一种睡眠状态，某种遥远的追随的东西，间隙、差别、偶然的阴影与混乱。

在那些时刻，我就会理解修行者和隐士，假使我有那种法力，懂得那些致力于某种努力，有绝对目的的，或有某种信仰，能产生一种力量，我就会创造，要是能的话，一种凄凉的美学，一种有内在节奏的摇篮曲，用夜的柔情过滤，在别的非常遥远的家。

今天，我在街上，分别遇见我的两个朋友，他们之间闹了矛盾。每个人对我讲了为什么闹翻的故事。每个人都有自己的真相。每个人都有道理。两个都有理由。两个人全都占理。不是一个看见一件事，另一个看见另一件事，或一个看见事物的一边，另一个看见另一边。不，每个人都确切地看见事物原原本本地发生，每个人都以与另一个人同样的标准看见这些事物。可是每个人看见一个不同的东西，因此每个人，都有道理。

我对这种真理的双重存在困惑不已。

# 我是一丛玫瑰

我是一丛玫瑰，我是白玫瑰花的玫瑰园，我是一座花园里的一丛玫瑰……我是一丛白玫瑰……总之我是真实的……我存在，存在……我是在每朵我的玫瑰上的整体的我……总之我鲜花盛开……

瞧吧，泉水潺潺，泉水潺潺……

它们是什么！是幸福，是灵魂，是水泉。树木，树木是高大的精怪，快乐得那么绿，洒下浓荫。

你看……我是，在我灵魂的现实里的一丛白玫瑰……我真实的生命是在世外完全芳馨……啊，却是比在地上的生命更真实的另一个生命……我的生命是深沉的，像一个绝对的死亡……

当风摇动树林和灌木丛，它们有时在地上画出人类剪影的手势。事物的轮廓许多时候是人形的。为的是让人类得到启发，事物是象征。

谁跟你说，我，不是一丛白玫瑰，而这个身体，你通过眼睛识别的，我纯粹的芬芳……你实际上是瞎子，而你，只有在真实形式的视觉中，才能懂得我非现实的芳馨……

> 那个瘦瘦的男人随便地一笑。不信任但并非恶意地看了我一眼。然后，又笑了笑，可是有些忧郁。然后，重新低垂下眼光，看着盘子。继续静静地聚精会神地吃他的晚餐。

我们荒唐了生活，从东到西。

从我放弃在外部世界存在的合作里，产生一种，在其他东西之间，奇怪的心理现象。

我内在地放弃行动，对事物不感兴趣，当我以一种完美的客观注意外部世界，我能够看清它。因为什么都无所谓，或没有什么理由要改变它，我不改变世界。

对你也这样。

这个恐怖的时刻，要么下降到可能的，要么成长到死亡的。

就让黎明永不破晓，就让我和这整个卧室，和我所属于的它的内部气氛，全都化成夜的精灵，化成绝对的黑暗，连我的一个影子都不留下，来弄脏我记忆中的任何不死之物。

把世界缠绕在我们的手指，用一个女人在窗口做梦玩弄的一根线，或一条丝带。

将一切最终归结为寻求以不觉痛的方式感觉无聊。

能同时是两个国王是件有趣的事情：不是他们两个的一个灵魂，而是两个灵魂。

真正的智者，是那样的人，他支配外部事件让其最小地改变他。

为此，必须穿上铠甲，让现实比事实更近地包围着他，让事实通过现实，按照现实改变，再接近他。

实践的人生总让我觉得是各种自杀中最不舒适的。对我来说，做出行动，就是不公正地、对注定的梦的粗暴干涉。在外部世界有影响，改变事物，跨越人与物，影响众人——所有这些让我一向觉得是比我的白日梦更加迷茫。所有的行动方式的固有的毫无意义，从我儿童时代起，我最喜欢的方式之一，就是连对自己都厌弃。

行动，是一种反应，是对抗自己，其影响，是离家出走。

我一直在思索，是多么的荒谬，在根本现实是一系列的感觉之处，竟有如此复杂的简单的东西，如商业、工业、社会和家庭的关系，面对灵魂的、对待真理想法的内在态度，我如此心痛欲绝，难以理解。

浪费时间是行为美学。对那些感受敏锐的人来说，有一种惰性公式，里面包含对所有清醒的方式的配方。同社会惯例观念、本能的冲动、感情的需求作斗争的战略，要求一种任何纯美学家都忍受不了去做的研究。在对疑虑做精心的病因分析后，接着应该毕恭毕敬面对规范做讽刺性的诊断。还必须培养起抗拒对生活入侵的灵活性（……）我们应该小心地穿上对抗感觉他人的见解的铠甲，对与他人共存的无声撞击，给灵魂裹上一层柔软的冷漠。

人，不能看见他自己的脸，这该是最恐怖的事。大自然让他看不见自己的脸，就像不能看见自己的眼睛。

只有在河水和湖水中他才能照见自己的脸。而他必须要采取的，姿势本身，却具有象征性。他弯腰，通过屈身自辱才能看见自己的脸。

镜子的发明者毒害了人类灵魂。

当我读阿米埃尔（瑞士哲学家）日记时，总是对说到他发表著作而感到不快。一个形象在此处断裂。如果不是这，多么伟大！

阿米埃尔的日记总是因为我的缘故而令我痛心。

当我到达那一点，他说舍勒（瑞士政治家）描述他的精神果实就像“意识的意识”，我感觉就是直接在说我的灵魂。

符合即屈服，而战胜是符合，是被战胜。因此，一切胜利都是粗暴无礼。胜利者永远失去所有对当下的沮丧的品质，那些让他们去战斗、给他们胜利的品质。他们满足了，而满足只能是那个符合的人，没有胜利者的头脑。只有永远得不到的人才胜利。只有总是灰心丧气的人才强壮。最好的，最高贵的，是放弃。至高无上的帝国，属于那个大帝，他放弃一切正常的生活，那种生活都是别人的，而他，更关注权位，而不是财宝。

我培养对行动的仇恨，就像在暖房里培育一株花。我夸耀自己对生活的洞察力。

梦本身惩罚我。我从梦中获得的那样清晰，我看见梦里的每件事物如同是真实的。因此，当把一切当成是梦的时候，就是一种损失。

我梦见成名？我感觉到光荣里的全部超脱，失去所有的私密和隐姓埋名，光荣给我们带来的是痛苦。

信仰是行动的本能。

热情是一种粗野。

热情的表达，比一切都更甚，一种对我们虚情假意的权利的侵犯。

我们永远不知道什么时候我们是真诚的。也许我们从来就不是。即便我们今天是真诚的，明天，我们能因为一个相反的事物而真诚。

对我来说，没有确信。我总是有印象。从来不能痛恨一个地方，在那里我曾经看见一轮丑陋的夕阳。

印象的外化，更是在说服我们自己有这印象，而不是我们有这些印象。

轻度发烧加上微醺，发痛的骨头里有一种柔软的、透心的、寒冷的不适，外部，眼睛发热，太阳穴一跳一跳——我想要这种难过如同一个奴隶面对可爱的暴君。给我那种颤抖的逆来顺受的裂隙，从中窥见幻象，在各种思想的拐角和令我困惑的感情两级之间转来转去。

思想、感觉、欲望，变成了唯一混乱的东西。信仰、感受、想象的和当下的事物，乱糟糟的，就像混在地上的，翻倒出来的，装在几个抽屉里的内容。

许多时候，为了愉悦自己——因为没有别的东西像科学，或者有科学才气的、随便地运用的，更有兴味——我通过一种方式，好像是面对他人，来仔细研究我的心灵。稀有的情况，这个微不足道的策略给我造成的快感是忧伤的，有时是痛苦的。

一般说，我研究的，是自己给他人造成的一般印象，从中得出一个结论。

总体上说，我是这样一个人，别人对我很亲切，甚至，有一种模糊的奇怪的尊敬。可是，我唤不起任何强烈的好感。没有人是我动真情的朋友，因此，才有那么多人能尊敬我。

任何问题都没有解决方案。我们中没有任何人解得开死结；我们所有的人，要么放弃，要么斩断它。我们粗暴地，带着情感，解决智慧的问题，我们这样做，或者是因为冥思苦想得疲倦了，或者，因为得出结论的胆怯，或者因为寻找一种支撑的荒诞需要，或者是回到别人中间和生活中合群的冲动。

由于我们永远不能了解到一个问题的所有的因素，永远不能解决它。

为了抵达真理，我们缺乏足够的数据，和穷极对这些数据的解释的智力程序。

下船的地方没有码头别下船。永远不到达意味着从来不到达。

当我看见某些疯子（系统性妄想）有何等的清醒和逻辑的一致性，对他自己和别人，为他的谵妄的想法做辩护时，我永远失去对我清醒的清醒可靠的确信。

我必须选择我不喜欢的——或者是梦，我的智慧痛恨的，或者行动，我的敏感所反感的；或者行动，我生而不是为此的，或者梦，谁都不是为此而生的。

结果便是，由于我讨厌二者，我哪个也不选择；可是，由于我非得选，在某种机会，或梦，或行动，我将二者混合起来。

在所有生活的地方，在所有的情况，所有的共同生活场合，我，对所有人，总是个侵入者。至少，我总是个怪人。在亲戚，在认识的人中间，我总感觉是个外人。我不是说我是故意的，连一次都没有。可我总是这样，出于一种自发的态度，对别人不冷不热。

我总是，在所有地方，被所有人，亲切对待。极其稀少的情况，我相信，有那么很少的几个人，抬高嗓音，或皱起眉头，或傲气凌人，或话中有话。可是在那种总是对我的亲切中，永远没有情感，对那些天生最亲近的人我总是一个客人，因为是客人，就要接待好，但是总带着对外人的应有的注意，缺乏对入侵者的该有的情感。

我不怀疑，所有这些，他人的态度，主要是产生于某种暗含的，我自己气质内在的原因。也许我属于交际冷漠，不自觉地迫使他人反射出我不太有感觉的方式。

我，出于天性，很快止住相识。别人对我的亲切有点迟缓。可是情感永远不来。尽心尽意，我从来没有体验到过。他们的爱，对我好像总是不可能的东西，以第二人称待我好像是奇怪的事情。

我不知道，是否为此而痛苦，是否接受它如同无差别的命运，无所谓痛苦，也无所谓接受。

我总是希望对别人好。人们对我冷漠总是让我痛苦。命运的孤儿，我像一切孤儿那样，需要成为什么人的关爱对象。我总对实现这种需要感到饥饿。我如此适应这种不可避免的饥饿，有时候，我都不知道是否有感觉到吃饭的需要。

我承认自己有让人肃然起敬的能力，可是不是爱慕。不幸的是，我什么也没做，让那个开始感觉对我有那种尊敬的人有理由这么做；因此也就从来不到真正尊敬我的地步。

我觉得有时候我享受痛苦。可是，实际上我更喜欢要另一种东西。

我没有素质当领导，也不适合做随从。就连满足的素质都没有，那种别人没有而自己有的时候的满足的素质。

别人，不如我聪明的人，更坚强。把在人群中的生活雕琢得更好；更灵巧地，运用他们的智慧。我有所有的施加影响的素质，只缺少去做的艺术，或者说，缺少意愿，缺少欲望。

假使有一天我爱，我不会被爱。

只要是我爱什么东西，它就死了。然而，我的命运，没有力量对任何事物是致命的。在我的事情上，它有致命的弱点。

说话是过分地注重他人。鱼和奥斯卡·王尔德都是死在嘴上。

写作本身对我失去了甜蜜感。那么的平庸，不仅在情绪的表达上，而且在文句的完美上，我写的平淡得像一个人吃饭喝水，多少有些注意力，但一半是心不在焉，不感兴趣，一半的留心却没有热情和光彩。

人类婴儿的本能，让我们中最骄傲的人，如果是人而不是疯子，都渴望让父亲的手引领他，不管怎样，带领他穿过世界的神秘与混乱。我们每个人都是生命之风吹起的一粒灰尘，然后，任其落下。我们必须依靠一个支柱，它不是空洞的形象和虚无的情人；因为形状总是不确定的，天空永远遥远，生活永远异化。

我们之中最高的不过是和了解一切是空无和不确定离得更近。

有可能是一种幻觉引领我们；然而，意识，是不引领我们的。

所有的需要中最下贱的——乃是吐露隐情的需要，忏悔的需要，把灵魂暴露于外的需要。

忏悔，是，可忏悔的是你所不动情的。释放你的灵魂，是，把秘密讲出来解脱压力；还好，你所讲的秘密，从来没有暴露过，在你说出那个真相之前，你首先骗了你自己。表达（自我）永远是个错。你要明白：表达，对你来说，就是说谎。

我不去吃午饭——这每天都要发生的需要——去看特茹河，回来时在街上游逛，都不去想看河对我的灵魂有何益处。即便如此……

生活并不值得，只有瞧才值得。能够瞧着而不生活就实现幸福，就像一切习惯是我们所梦见的。不含生命的陶醉！……

至少创造一种新的悲观主义，新的否定，好让我们有一种幻觉，我们有什么东西，哪怕是坏的，留下来！

一种生命的美学的清静主义，通过它我们成功地让生活和活着的人们施加给我们的谩骂和羞辱顶多到达敏感性且可鄙视的边缘，有意识的灵魂遥远的外部。

对一切幻想的厌倦，和对幻想中所存在的一切的厌倦——失去幻想，有幻想的徒然，有幻想不过为失去幻想的提前的厌倦，为曾经有过幻想的痛苦，为明知有这种结局的，曾经有过幻想的，一个知识分子的惭愧。

对人生的无意识的意识是对智慧最古老的赋税。有无意识的智慧，精神的闪光，理解的川流，有如同身体反射那样的神秘和哲学，像肝和肾分泌腺体，身体的反射。

思想可以有高度无高雅，按照其不高雅的比例，失去对他人的作用。没巧劲的力就是简单的蛮力。

从东边生起月亮的金光。在宽阔的河上洒下的踪迹，开启了在海上的蜿蜒。

然后是朋友，好年轻，好小伙子，和他们聊得那么开心，一起吃午饭，一起吃晚饭，一起干所有的事，我却不知为何，那么下贱，那么猥琐，那么卑微，只要在商行仓库里，就更甚于在街上，只要在账簿面前，就甚于在国外，只要和老板在一起，哪怕是在无限可能中。

一切等待着，敞开的，装饰的，即将来到的国王，他来了，侍从队伍的尘埃是缓缓的东方的新雾，长矛已经在遥远处闪烁，带着他的黎明。

我在无限之上的五层楼的房间，我的内心欢呼傍晚的降临，在星光初照的夜的窗前，我的梦，在节奏与距离的和谐中，敞开向未知的，或设想的，或仅仅是不可能的国度的旅行。

我用魔鬼般的力气，从椅子上站起来，可是我感觉着像是连同椅子也带了起来，而且更沉重，因为是主观主义的椅子。

追求真理——不论是主观信念的真理，还是现实的客观真理，或金钱的或权力的社会真理——总是随之带来，如果是不懈努力不愧于奖励的人，对它不存在的最后认知。中彩的，总是那些偶然购买彩票的人。

艺术有价值，因为从这里面把我们拉出来。

梦的最下贱之处，就是所有人都做梦。送货的小伙子，在装运输车的间歇，在暗处就着路灯，大白天在睡觉，想着什么事儿。我知道他朦胧地想着什么：是和我一样地沉入在，极静的夏天的办公室里，一笔一笔记账的无聊的深渊里。

除开那些庸俗的梦，灵魂粪坑的通常的羞耻，谁也不敢坦白，像肮脏的幽灵，压迫得人难以入眠，被压抑的敏感的黏稠的泡沫的污秽不堪，那可笑，那害怕和不可言说，灵魂能认出，尽管是奋力地，在它们的角落里！

人类的灵魂是一个漫画般的精神病院。如果灵魂能以真相揭示，比所有的，已知的，定义的羞愧都不要脸，真可以说是，一眼井，一眼险恶的井，充满空洞的回音，居住着卑鄙的生命，无生命的黏液，无存在的蛞蝓，主观的鼻涕。

所有这些人的幸福，这些不知道他们是不幸福的人的幸福，让我怒火中烧。他们的生活对一个真正敏感的人构成了一系列愁苦。可是，由于他们的真正生命是植物性的，受的苦难从他们经过不触及到灵魂，过着一种只能比作一个患牙疼的人收到一笔财富的生活——活着却并不察觉的真正的财富，诸神所赐予的最大的天赋，因为是令人与他们相似的天赋，像诸神一样（即便是以另一种方式）超越快乐和痛苦。

所以，尽管如此，我爱他们所有人。我亲爱的植物们！

为了理解，我毁灭自己。理解是忘记去爱。我不知道还有比达·芬奇的那句话更加虚假又有意义的，他说，只有在懂得一件事物之后，才能爱或者恨它。

孤独令我凄凉；陪伴令我压抑。另一个人的在场，令我想入非非；我，以一种，我全部的分析注意力都无法定义的，特殊的心不在焉，梦到他的在场。

宽敞的办公室，黄昏的寒冷中，给每天的包裹打捆的小伙子。“好大的霹雳。”他说，没冲着任何人，用“早上好”那种高调门，最残忍的强盗。我的心又开始跳。刚刚世界末日已经过去。一个间歇。

多么大的解脱——强烈而明亮的光，空间，闷雷——这已经远去的下一个雷让我们从原来的样子松一口气。神停住了。我感觉用整个肺呼吸。我喘息，办公室里缺少空气。我看见那里还有别的人，除了小伙子以外。所有人都鸦雀无声。某种东西抖动和褶皱的声响：一张理性的厚纸，莫雷拉突然翻过来查看他面前的一张纸。

可是啊，连内室都不对劲——那是我逝去的童年的旧卧室！像一阵雾，远远消逝，物质地穿过我真实房间的白色墙壁，而这房间从阴影中清晰地浮现，更小，像生活和天日，像赶车人的脚步，还有朦胧的鞭子声，让睡意昏沉的牲口躺着的身躯肌肉耸起。

我以一种奇怪的痛苦写作，我利用一些来自午后完美的知性的窒息。宝蓝的天空，在徐徐微风下，淡化成苍白的粉红，让我的意识想要叫喊。我写着，总归是，为了逃逸、逃避。我避开念头。我写下准确的表达词语，这些词语在我写作的身体行为中闪烁光芒，就像忧伤产生的。

从我所想的，从我仅仅感觉的，存留下，黑暗的，一种想哭的徒然意愿。

平庸的人，生活哪怕对他再艰苦，他至少有不去思考生活的幸福。得过且过，像一只猫或一条狗，普通人就是这样，而且就该是这样过生活，好能够拥有猫和狗的满足。

思想是破坏。思想程序本身对思想就指出这一点，因为思想是降解。如果人懂得思考生命的神秘，如果懂得感觉灵魂在每个行动的细节中监视的一千种复杂性，就永远不会行动，甚至都不活了。吓得自杀了，如同那些为了不在第二天被送上断头台的人去自杀一样。

我熟睡，仿佛宇宙是一个错误；风，不确定地飘荡，是一面无形状的旗帜，飘扬在无形的建筑之上。又高又强大的天空有什么空无的东西破碎了，窗框抖动着玻璃，让这边听见那响声。在一切的深处，无声地，灵魂忍受着痛苦，上帝为之悲哀。

突然间——新的宇宙秩序在城市上方行动起来——风在风的间隙呼啸着，那一刻有许多睡梦间察觉的动荡。然后，夜像暗门一样关闭，一种静谧让人有睡着的意愿。

一阵音乐或者梦的气息，几乎让人感觉到某种东西，令人不去想的某种东西。

街上的车辆发出声音，断续的声音，缓慢的。根据我的睡意判断，似乎，是吃午饭的时间了。可是我留在办公室，天是温吞的，有点空茫。在嘈杂声里，由于某种原因，或许是我的睡意，有种天气里一样的东西。

流动，在衰竭的紫色之间终结的白天，放弃。谁也不告诉我，我是谁，也不知道我曾经是谁。我从被忽略的山走下，去将被忽略的山谷，我的脚步，在缓慢的黄昏，是森林的空地间留下的痕迹。所有我曾经爱的都把我遗忘在阴影里。谁也不知道最后的船。在邮箱里没有谁也不会写的信的消息。

一切，然而，都是虚假的。没有讲别的人讲过的故事，也不确切知道在往昔曾出发的，怀着虚假的上船的希望，尚待来临犹疑不决未来的迷雾的儿子。我的名字在迟疑者之间，那个名字作为整体是个阴影。

若我们爱过，死而何憾。

我很喜欢身在乡村，是为了能够喜欢身在城市，然而以此，我的趣味就会翻倍。

直接的经验，对那些缺乏想象力的人，是托词，或庇护所。读着打虎的猎人所冒的风险，我就有了所有值得冒的危险，除了那么不值得冒的危险，已经过去的真危险。行动的人是明理的人非自愿的奴隶。事物只是在对其诠释上有价值。前者创造事物，为的是让后者将其转化为意义，将其转变为生命。叙述是创造，而生活则仅仅是活着。

在白天耀眼的光明里，声音的安详也都是金色的。在发生的事物中有轻柔。如果有人对我说有战争，我会说没战争。在这样的一天，什么都不能有，除了轻柔，没有任何忧伤。

机会就像钱，而这钱，无非就是一个机会。对一个行动的人来说，机会就是意愿的一个情节，而对意愿我不感兴趣。对一个像我一样的，不行动的人来说，机会是没有美人鱼的歌。必须淫乐地鄙夷，束之高阁，无所用处。

有机会……在那块场地放置拒绝的雕像。

噢，阳光下辽阔的原野噢，观望者，你们只是为他而活，从阴影里观赏你们。

伟大的词藻和修长文句的酒精，宛如海浪掀起你有节奏的呼吸，笑着摔碎，海浪的泡沫，似游蛇，像是在嘲弄，在半明半灭忧伤的波澜壮阔中。

我尤其是有一种倦意，当倦意无故出现的时候会伴随不安。我对要做出的手势有一种内心的恐惧感，对要说出的话有一种智力上的怯懦。一切都好像提前的失败。

对所有这些面孔忍受不了的厌倦，呆蠢的，缺乏智慧的，古怪丑陋的，甚至令人作呕的，幸福的，或不幸福的，因为存在而令人恐怖的，与我不相干的活物分离的潮汐……

外部世界的存在就像舞台上的演员：他在那里，但，是另一个事物。

炎热像一件看不见的衣服，让人想脱掉它。

> 一道微弱的闪电的飞刀暗器，阴森地，在宽敞的房间里旋转。就要来的雷声，憋着一大口气，轰隆坠地，深度远徙。雨大声地哭嚎，像话语间隙的哭丧。这边在屋内，细小的声音，显得格外突出，忐忑不安。

> 对我来说，一切爱慕之情都发生在表面，但是真诚的。我一直是演员，货真价实的。只要是爱，我都是伪装爱，我假装，为了自己。

我已经感觉到忐忑不安。突然，寂静停止了呼吸。

猛地，钢铁的、无限的天空破成碎片。我蜷缩起来，像个动物，在桌子上，双手徒然地抓在光滑的桌面上。一道没有灵魂的光线照进角落，钻透灵魂，近处山上的一声响动从高处崩塌，一声地狱的如裂帛的叫喊。我的心停了。我的嗓子乱撞。我的意识只看见一张纸上的墨迹。

写作是忘记。文学是最惬意的忽略生活的方式。音乐给人抚慰，视觉艺术给人激励，活的艺术（如舞蹈和演出）给人娱乐。然而前者，将生活化成一场睡梦而远离它；后面几种，却不脱离生活——有的，因为运用可见的程式因此是生活的，有的，就是源自人类生活。

文学的情形则不是这样。文学模拟人生。一部长篇小说是从来未发生的故事，而一部剧是没有叙述的小说。一首诗是通过一种谁都不使用的语言表达思想或情感，因为谁也不以诗句讲话。

过一种无所爱恋的、雅致的生活，暴露于各种思想下，阅读，做梦，想着写作，一种相当缓慢的生活，为了永远在无聊的边缘，足够地思索乃至从不陷入其中。过那种远离激情和思想的生活，只在对激情的思想里和思想的激情里。静滞在阳光下，金光闪闪的，仿佛一池鲜花围绕的暗淡的湖水。在阴影里，有那种不对生活有任何固执的个性的贵族气质。围绕着世界，像花尘，被一阵未名的风在午后的空气里卷起，在入夜的麻木不仁中降落在偶然的地方，在更大的物体之间，分辨不清。以一种可靠的认知来作此物，既不快乐也不悲伤，在阳光下认得出它的闪光，在星光下，是遥远的距离。不是别的，没有别的，不要别的……饥饿的音乐，盲人的歌谣，无名行客的遗骨，空旷的沙漠中漫无目的的骆驼的脚步……

连续三天没有平静的炎热，一切寂静的不舒适里潜伏着一场暴风雨，由于它发泄到了另一处地方，带来事物清晰的表面温润舒适的清爽。有时候，在生活的进程中就是这样，灵魂受苦，因为生活压抑它，突然感觉轻松，而生活里又给不出解释。

我寻思，我们就是气候，在上面盘旋着折磨的威胁，在别的地方实现。

事物的巨大空洞，天地间巨大的遗忘……

一切相互渗透。读古典作家，他们不说夕阳，让我理解了许多夕阳，所有的色彩。在句法功能，它的功能是分辨万物、声音、公式的价值，和当天空的蓝色实际上是碧绿的，而在天空的碧蓝中有黄色成分的理解能力之间，有一种关联。本质上是同一个东西——分辨与提炼的能力。没有句法就没有持续的激情。不朽是文法家的职能。

只要我们能将这个世界看成是一个幻象，一个灵境，我们就能把对我们所发生的一切看成是一场梦，是伪装的事物，因为我们在睡觉。于是乎，从我们生发出一种面对人生中所有屈辱和灾难的微妙而深沉的淡漠。死去的人，拐了一个街角，因此我们不再看见他们，受苦的人从我们面前经过，如果我们感觉，就像一个噩梦，如果我们思索，像一个恼人的遐想。我们自己的愁苦无非是那种虚无。在这个世界上，我们向左侧卧而睡，在梦里听见心脏受压迫的存在。

再无别的……一点阳光，一阵清风，几株树木，在远处构成画框，幸福的欲望，时日去而不返的痛苦，永远不确定的科学，和总是尚待发现的真理……别无所求，再没有其他的……是的，别无其他……

原野是我们不在的地方。那儿，只有那儿，
有真正的树荫和真正的树林。

生活是在惊叹号和问号之间的犹豫。在疑问中，
有一个句号。

奇迹是上帝的懒惰，或者，不如说，是我们赋
予给他的懒惰，发明着奇迹。

诸神是我们永远不能是者的化身。

对一切假设可能性的厌倦……

> 堪称高级人的唯一态度，是执着地坚持一项被认为是无用的活动，明知徒然无功，却坚持一种习惯的学科，固定地运用，其重要性为零、哲学和形而上学的思想准则。

就像所有头脑特别活跃的人，我对于固定生活有一种有机和致命的热爱。我厌恶新的生活和陌生的地方。

让我们创造平静的力量。我们要表现出有能力在许多事情上有这种力量。让我们显示出我们懂得在所有的事物上有这种力量。

我培养对行动的仇恨，就像在暖房里培育一枝花。我夸耀自己对生活的洞察力。

一切都是找见某种事物。即便丢失，也是发现那件丢失的东西的状态。什么都不丢失；只遇见某种东西。在那个井的深处，仿佛一个童话，是真理。

感觉是寻觅。

一大群姑娘，转过路上的拐角。一路唱着歌走过来，她们的嗓音是幸福的。我不知道她们唱的是什么。我从远处听了一会儿，没有特殊的感情。心中感觉到一种对她们的哀愁。

为她们的未来？为她们的无意识？不直接为她们或是，谁知道？兴许只是为我自己。

在所有的人类哲学里，所有的科学里，总是有一种根本的想法——根据各个系统和科学而变化——是我们所忘记证明的。

同任何一位哲学家争论一下是有用的，因为他的哲学不取决于他的智力，而是他的性格。

我的灵魂中有一种巨大的疲惫。那个我从未曾是的人令我忧伤，也不知我对他的回忆是何种类型的思念。伴着所有的落日余晖，我倒在希望与确定之间。

扔在角落里的东西，掉在路上的破布，我下作的秉性在生活面前假装。

不是爱情，而是爱情的周边，才是值得的……

爱情的表达，比它的经验本身，更清楚地照亮它的现象。有伟大理解的贞操。行动补偿但是混淆。占有即被占有，而因此迷失。只有念头，到达而不破坏对现实的认知。

任何光辉的思想不添加某种愚蠢因素，都不能够进入流通。集体思想是愚蠢的，因为是集体的：什么都穿不过集体的屏障，而不在这个屏障把像水的现实所携带的大部分智慧拦截住。

在青年时期，我们分成了两个：在我们中有共存，我们自己的智慧，有可能是伟大的，和我们无经验的愚蠢，形成第二种低级的智慧。只有当我们到达另一个年龄，在我们之中形成统一。由此而来青年时期的行动总是挫败的——并非因为没有经验，而是因为不协调一致。

对高级智慧的人，今天，只剩下一条路，就是放弃。

人的价值，与他所类似的相当。低等个体，感觉他们类似于人类，观念是他们纯粹是动物，因为在所有人之间没有任何类似之处，除了是同一个物种这一事实。在高一级的头脑水平，个体感觉类似。

噢，星星欺人的光的夜，噢夜，唯一的整个宇宙那么大的东西，化成了，在躯壳和灵魂上，我身体的一部分，让我迷茫，成了纯粹的黑暗，也化作了黑夜，没有了在我之中星星的梦境，也没了期待的在未来照耀的太阳。

梦就像是把一种语言不可翻译的东西翻译成另一种语言；或者像，把朦胧或繁复的感情，转换成语言——注定是混乱或复杂的——，正常的编辑所不能胜任。

当我讨论事物的存在，我将意识与存在分离开；可是，没有那件事物的存在，就等于无。因此，一件事物的存在不是论题。

什么奇迹才能把我们从“有道理”这种邪恶的狂躁症里解救出来？

我对我究竟是谁？只是一个我的感受。

我的心无意间空了，就像一只漏水桶。思想？感觉？如果是明确的东西，就像一切那样厌倦！

也许是时候了，该是我做唯一的努力看一眼自己人生的时候了。我看见自己在一片无际的荒漠中。我说的是文学上的昨日之我，寻求向自己解释我是如何到达此种地步。

我们灵魂的巨大痛苦从来就是宇宙的灾难。当临到我们，太阳在我们的周围徘徊，星星惶惶不安。整个灵魂感觉到了那一天，命运在这天表演痛苦的末日——在你的无助和绝望之上天翻地覆。

心比天高，却卑微下贱地被命运对待——一个人在这种境况谁能自矜。

如果我有朝一日能获得才华，非凡的表现力，将一切艺术集中在我身上，我将写一个睡梦之神。整个此生，我不知有比能睡得着更大的快乐了。生命和灵魂全部熄灭，完全地远离一切生灵和人们，一整夜，没有回忆，没有幻觉，没有过去，没有未来……

如果对你吃掉的，你说“我占有这些”，我就理解你。因为无疑你将所吃的，添加在你身上，将其转化成你的物质，你感觉到它进入你并属于你。可是，对你所吃的你却不说“占有”。你究竟把什么叫做占有？

只有从来没思想过的人才会偶尔得出一种结论。思想就是犹豫。有执行力的人从来不想。

将感官的感受力变成纯文学，而感情，当偶然出现低级情绪，将其变成显现的材料，以便用它们雕刻流动的语言的雕像……

# 译者说明

@火山菌

在这本书出版之际，我感谢澳门特区政府文化局和江苏凤凰文艺出版社给了它与读者见面的机会。尤其想到当初提供的只是一部很粗糙的初稿，好像一座雕像，只给了石材劈砍出的粗犷的轮廓和线条。现在这本书更完善，对原文的理解更准确，中文表达更顺畅，这全仰仗澳门文化局的关慧斌老师、江苏凤凰文艺出版社编辑老师的修饰与斧正。本书仅由我署名，于心不安，于理不公。读者若喜欢这本书，应该感激他们的付出。

这部葡萄牙书名为 *Livro do Desassossego* 的著作，在中国有两个为读者熟悉的译本，一本为直译的《不安之书》，另一本便是韩少功的《惶然录》。佩索阿手稿中，用“L do D”来标注该片段属于这部书 。我们将书名译作《忧梦集》是因为佩索阿不止一次，说这部书写的就是梦。当然，他所说的梦是广义的，在他看来生活就是梦，说这本书的内容是“写无聊的文章，写荒凉的梦，和对它自己的厌倦，当开始做梦，就有一种动机和主题”。他把书中的文章，称之为“疏离体”。说这本书的“主调是不安和不确定……表面上，是叙述梦境，或者幻境，其实是一种对梦的徒然无果的痛苦、愤怒的梦中忏悔”。在一封给朋友的信中，他这样写道：“我的半异名者，贝尔纳多·苏亚雷斯 （Bernardo Soares,《忧梦集》的主人公）尽管在许多事情上与阿尔瓦罗·德·坎波斯（Alvaro de Campos）相似，总是在我疲倦或睡意沉沉的时候出现，因此，推理和抑制力显得有点麻木不仁；所写的散文是持续的梦幻。是一个半异名者，因为，人格不是我的，却与我的人格并无不同，是我人格的残体。是减少了推理和情感的我。

文风上，除了推理上比我的要薄弱，和这封信一样，葡萄牙语完全一样……”

《忧梦集》是佩索阿留下的手稿中一部未完成的著作。这部书的手稿由500~700篇片段组成，其生前只发表过其中12篇。这些稿件有打字稿、手稿、印刷稿。分成两个阶段。第一阶段是写于1913~1920年，这部分作者将其归属于（自述者或者说主人公）维森特·格德斯（Vicente Guedes）；第二阶段写于1929年至他生命的最后一年1935年（也有学者认为写到1934年），佩索阿将其归属于半异名者贝纳尔多·苏亚雷斯，一个里斯本的助理会计。雅辛托·杜·普拉多·科埃略（Jacinto do Prado Coelho）最早将这部书整理成两卷，于1982年由阿提卡（Ática）出版社出版。数十年来，许多学者对这部著作的原稿进行研究整理，出版过许多不同的版本。除前面说到的雅辛托1982年版，还有特蕾莎·索布拉尔·库尼亚（Teresa Sobral Glnha）版，两卷分别出版于1990年和1991年；理查德·泽尼斯( Richard Zenith )版，1998年；热罗尼莫·皮扎罗( Jeronimo Pizarro）版，2010年。这些版本之间差别非常之大。这部著作，被翻译成几十种外文。

《忧梦集》的内容十分广泛，形式和风格多样，体裁有日记、随笔和杂文，主题涉及政治、哲学、美学、心理、社会等领域，描写了葡萄牙和里斯本的风土人情、人物、街景包含大量回忆内容。语言独特新颖，许多片段，是对佩索阿的诗歌的注释。这些片段组成一个整体，每个片段又独立成章，无需按顺序阅读。随手翻阅一篇，就有发人深思的观点，给人以心灵震撼。

1913年，佩索阿在写给一位朋友的信中有这样的话："我目前正经历那种，农业上，习惯被称之为'丰收的危机'的时刻。灵魂处在思如泉涌的状态，那样强烈，我需要把灵感写在一个记事本上，即便如此，我必须写满那么多张纸页，有些丢掉了，因为那么多纸页，另一些因为当时写得太快，都辨认不出来了。丢失掉的想法给我造成巨大的折磨，在这种折磨中，另一些想法模模糊糊地幸存下来。您很难想象，在军火库街，我那可怜的头脑运动。英文诗、葡萄牙文诗、思索、题材、计划，我不知是什么东西的片段，不知如何开始或结尾的信件，批评的闪电，形而上学的喃喃自语……整个的一个文学，我尊贵的马里奥，从迷雾来，向迷雾去，散入迷雾……"显然，这里所说的写满纸页的东西，其中就有《忧梦集》的某些片段。这样的内容有灵感的闪光，但是正如他自己所说，有些"都辨认不出来了"。这种"辨认不出来了"的手稿，翻译起来，有很大的难度。考虑到有的片段不完整，意义不明确，出版方最后决定只选那些意义清晰完整的片段。但是编辑者又以为完全放弃这部分篇章，终令人感到惋惜，故择其精华，荟萃成为"附录"部分。当然，如果读者喜欢，将来或许可能出版《忧梦续集》。

译者 张维民

2023年6月30日于葡萄牙

# 憂夢集

Fernando Pessoa

Livro do Desassossego

6 岁的费尔南多 · 佩索阿

拍摄于 1894 年

13岁的费尔南多·佩索阿

拍摄于1901年6月13日

费尔南多·佩索阿和科斯塔·布罗查多在里斯本商业广场的马蒂尼奥·达·阿尔卡达咖啡馆。

拍摄于1914年6月6日

1928 年，费尔南多·佩索阿（右 1）
和他的朋友们在马蒂尼奥·达·阿尔卡达咖啡馆

1930 年，费尔南多・佩索阿（右）和阿列斯特・克劳利在里斯本的咖啡馆里下棋.

《费尔南多·佩索阿画像》（约 1914 年）

费尔南多·佩索阿在里斯本的住宅

费尔南多·佩索(1888–1935 年)

Branco

费尔南多·佩索阿雕像，位于葡萄牙里斯本

费尔南多·佩索阿的《不安之书》，由理查德·齐尼斯编写。

费尔南多·佩索阿纪念碑，建于 2018 年 3 月 26 日

（非卖品）

说明：此册子上的图片及文字均来自网络资料，

如有错误，请您谅解。